U0957438

秦岭南北

贾平凹 著作

杨辉 马佳娜 选编

中国出版集团
中译出版社

图书在版编目（C I P）数据

秦岭南北 / 贾平凹著；杨辉，马佳娜选编. -- 北京：中译出版社，2021.6
（文学里的中国·当代经典书系）
ISBN 978-7-5001-6654-2

Ⅰ. ①秦… Ⅱ. ①贾… ②杨… ③马… Ⅲ. ①小说集—中国—当代 Ⅳ. ①I247

中国版本图书馆CIP数据核字(2021)第079382号

出版发行 / 中译出版社
地　　址 / 北京市西城区车公庄大街甲4号物华大厦6层
电　　话 /（010）68359303，68359827（发行部），68358224（编辑部）
邮　　编 / 100044
传　　真 /（010）68357870
电子邮箱 / book@ctph.com.cn
网　　址 / http://www.ctph.com.cn

出 版 人 / 乔卫兵
总 策 划 / 张高里　刘永淳
特邀策划 / 王红旗
策划编辑 / 范　伟　张孟桥
责任编辑 / 范　伟　张孟桥
文字编辑 / 张若琳　吕百灵　孙莳麦
营销编辑 / 曾　頔　郑　南
封面设计 / 柒拾叁号工作室

排　　版 / 柒拾叁号工作室
印　　刷 / 北京顶佳世纪印刷有限公司
经　　销 / 新华书店

规　　格 / 787mm × 1092mm　1/32
印　　张 / 7.75
字　　数 / 120千字
版　　次 / 2021年6月第一版
印　　次 / 2021年6月第一次

ISBN 978-7-5001-6654-2　　定价：49.00元

作者

贾平凹

1952 年生于陕西省丹凤县棣花镇，当代著名作家。中国作家协会副主席、陕西省作家协会主席、西安市文联主席。1975 年毕业于西北大学中文系。1974 年开始发表作品。著有《贾平凹文集》二十六卷。长篇小说代表作有《浮躁》《废都》《秦腔》《古炉》《带灯》《老生》《山本》等。中短篇小说代表作有《黑氏》《天狗》《五魁》《倒流河》等。散文代表作有《商州散记》《丑石》《定西笔记》等。另有书画作品集《海风山谷》等多部行世。作品曾获国内茅盾文学奖、鲁迅文学奖、全国优秀短篇小说奖、全国优秀中篇小说奖、全国优秀散文（集）奖，以及美国美孚飞马文学奖、法国费米娜文学奖、法兰西金棕榈文学艺术骑士勋章、香港“红楼梦·世界华文长篇小说奖”、华语文学传媒大奖、北京大学王默人–周安仪世界华文文学奖、施耐庵文学奖、当代文学奖、人民文学奖等。为 2017 年亚马逊海外最具影响力中国作家。有五十多部作品被译为英、法、德、瑞典、意大利、西班牙、俄、日、韩、越南文在三十多个国家出版发行。

选编者

杨辉

文学博士，陕西师范大学文学院教授。兼任中国现代文学馆特邀研究员、中国当代文学研究会理事、中国文艺评论家协会理事、陕西省文艺评论家协会副秘书长、西安市文艺评论家协会副主席。出版有学术专著《“大文学史”视域下的贾平凹研究》《小说的智慧——以余华的创作为中心的思想考察》等。在《文学评论》《中国现代文学研究丛刊》《人民日报》《光明日报》《文艺争鸣》《当代作家评论》等报刊发表论文八十余篇，部分被《人大复印资料·中国现当代文学》等报刊全文转载。曾获中国当代文学研究优秀成果奖、《中国现代文学研究丛刊》《中国当代文学研究》年度优秀论文奖、柳青文学奖、陕西省哲学社会科学优秀成果二等奖、陕西文艺评论奖一等奖、陕西高校人文社会科学优秀成果一等奖等。入选“陕西百名优秀中青年作家艺术家扶持计划”。

马佳娜

文学博士，陕西师范大学新闻与传播学院讲师。主要从事中国当代文学研究及文学影视评论。在《中国现代文学研究丛刊》《文艺争鸣》《南方文坛》《光明日报》等刊物发表论文多篇，主编《贾平凹文论集（三卷本）》（三联书店出版），主持省级科研项目两项，参与国家级、省级项目多项。作品曾获陕西省哲学社会科学一等奖、“啄木鸟杯”中国文艺评论年度优秀作品奖、第六届陕西文艺评论奖。

目录

导言

杨辉　马佳娜

1952年2月21日，贾平凹出生于陕西省丹凤县。此后在家乡读完小学、中学，“文革”爆发后即回乡务农。因父亲被定性为“历史反革命”，他沦为可教育好的子女，一时间可谓遍尝人间冷暖、历尽世态炎凉。1972年，他因偶然机缘入西北大学中文系学习，1975年毕业后被分配至陕西人民出版社。历任陕西人民出版社文艺部助理编辑，《长安》文学月刊编辑，西安文学院院长，西安市文联创作研究室主任，西安市作家协会主席，西安市文联主席，西安建筑科技大学文学院院长等。1992年他主持创办大散文月刊《美文》杂志，任主编至今。现为中国作家协会副主席、陕西省作家协会主席、《延河》杂志主编，西北大学、西安建筑科技大学等高校兼职教授、博士生导师，北京师范大学国际写作中心首任驻校作家、中国海洋大学驻校作家等。

大学期间，贾平凹便开始发表作品。处女作《一双袜子》（与冯有源合作）刊发于陕西省群众艺术馆主办的公开刊物《群众艺术》（1973 年）。此后即有多篇作品见诸报端，在“新时期文学”兴起之前，贾平凹已经有大量作品发表。此后数年间，随着时代精神氛围的变化，他的写作也随之有了第一次“转向”，逐渐脱离此前作品的观念和艺术表达方式的“局限”，眼光投向更为悠远的观念和文学传统，借此调适个人写作的方向。这些努力，也获得了评论界的高度肯定，为他赢得初步的社会声名。他的作品，也相继获得国内若干重要文学奖。这一时期，以《满月儿》所获首届全国优秀短篇小说奖（1978 年）最为突出。此后，相继发表于 20 世纪 80 年代中期的《鸡窝洼的人家》《小月前本》《腊月・正月》《天狗》等中篇小说为其赢得广泛赞誉。《鸡窝洼的人家》获 1984 年《十月》文学奖，《腊月・正月》获 1985 年全国优秀中篇小说奖、《十月》文学奖等。由《鸡窝洼的人家》改编的电影《野山》

获第六届中国电影金鸡奖最佳故事片奖等多个奖项，并获法国第八届三大洲国际电影节大奖、第 37 届西柏林国际电影节国际天主教电影组织促进奖。贾平凹这一时期的作品，多关注商品经济“冲击”下“商州”世界人事变化及其中世道人心的转移，与彼时盛行的“改革文学”颇多呼应，但较之“改革文学”对现实的单向度书写，贾平凹笔下则多一层文化的关切。自 1982 年《“卧虎”说》中述及他有心以中国古典美的表现方式，表现当代人的生活和情绪开始，他的写作资源，便不局限于其时流行的西方现代主义、后现代主义文学传统，而有赓续中国古典思想和审美传统的自觉追求和倾心实践。也因此，发表于 1983 年的《商州初录》被认为是开“寻根”文学先河的重要作品。“寻根文学”浓重的文化思虑，“改革文学”的现实关切，在他 20 世纪 80 年代的代表作《浮躁》中得到了较好的融通和汇聚。《浮躁》以“浮躁”二字总括 20 世纪 80 年代中后期处于转型中的中国社会的精神面相，着力表现各色人等命运的起废沉浮及其文化心理的嬗递，被认为是“新时期文学带有标志性的重要作品”，并因此获得 1988 年“美孚飞马文学奖”，初步为贾平凹赢得世界声誉。但其时，贾平凹仍在酝酿着自身写作的“中年变法”。在《浮躁》

序言中，贾平凹明确表示，他有意以中国古典思想和审美表达方式为参照，超越奠基于西方理性主义的狭窄的“现实主义”的限制，以开出作品更为阔大的境界。这种努力的成果，便是出版于1993年的长篇小说《废都》。众所周知，《废都》甫一出版，便引发广泛争议，甚至酿成20世纪90年代具有标志性意义的重要“文化事件”。对《废都》和“《废都》现象”及其与1990年代社会思潮复杂纠葛的反思，已成为理解1990年代社会与文学问题的重要参照。如李敬泽所言，时隔多年后再去看，《废都》中的庄之蝶所面临的种种精神和生活上的困境，已经成为知识人所面临的基本的现实。而贾平凹力图“复活”的那个传统，是《红楼梦》曾经详细叙述过的，能够体现中国文化语境下中国人的精神和生活现实的基本情境。此间有喜怒哀乐、悲欢离合，有日月盈亏、人事消长，有兴衰际遇、起废沉浮，有物事、人事之变。而作为贾平凹“中年变法”的代表作品，也充分呈现出他力图接续的明清世情小说传统的观念和笔法现代转换之后所能开出的新的文学的境界。该作品1997年获得法国最具权威和盛名的三大文学奖之一的费米那文学奖。在给贾平凹的贺信中，法国文化部长如是表达该奖的意义：“这项荣誉是授予那些在文学艺术领域做出创造性贡献的人或是给法国文化以及整个世界带来光芒的人。”

自《商州》（其首部长篇）迄今，贾平凹已有《浮躁》《废都》《白夜》《土门》《秦腔》《怀念狼》《古炉》《老生》《极花》《山本》《暂坐》等长篇小说十八部行世。另出版有《腊月·正月》《天狗》《逛山》《黑氏》等中短篇小说集数十部。除小说创作外，贾平凹还出版有诗集《空白》。虽基本以小说创作为主，但自 20 世纪 80 年代开始，贾平凹在散文上亦较多用心用力，其散文成就或也不输小说。在 20 世纪 80 年代中后期，他曾尝试散文观念的转换，《笑口常开》《人病》等意图容纳当下生活内容的作品，便是观念转变后的初步尝试。这种尝试一方面拓展了其时已经略微固化的“散文”的表现力，也让贾平凹的文学观念再度朝向更为丰富悠远的中国古典文章传统。他这一时期读归有光，发现归氏虽以《项脊轩志》等被称为抒情散文的作品名世，但自全集中收录文章看，抒情文不过十一。由此，贾平凹领悟到文章观念拓展的重要性。既向广阔的生活世界拓展，也向“众体皆备”的中国古典文章传统敞开。其此一时期文学观念之变，以 1992 年《美文》创刊，及其对“大散文”的自我说明最为紧要。如其所论，“大散文”的命名，意在突破此前较为狭隘的散文观念，让散文的视野、文体等，皆有较大幅度的拓展。近三十年后看去，无论是否使用“大散文”这样的说法，当代散文的变化，已然印证了贾平凹这一观念的前瞻性。当然，他的散文创作，也努力吸纳更为丰富的传统，以开拓新的文章境界。其散文代表作为《商州三录》《心迹》《月迹》《爱的踪迹》《江浙日记》《西路上》《天气》等，其中部分作品被认为有文风开拓的意义。自20世纪80年代初迄今，贾平凹先后获美国美孚飞马文学奖、法国费米那文学奖、法兰西金棕榈文学艺术骑士勋章、全国优秀短篇小说奖、全国优秀中篇小说奖、全国优秀散文（集）奖、第三届鲁迅文学奖、首届“红楼梦奖：世界华文长篇小说奖”、第四届与第十三届华语文学传媒大奖、北京大学王默人－周安仪世界华文文学奖、施耐庵文学奖等国内外重要奖项五十余种。作品被译为英、法、德、瑞典、俄、日、韩、越南等文字在国外出版五十余种。为2017年亚马逊海外最具影响力中国作家。2008年，长篇小说《秦腔》荣获第七届茅盾文学奖。

作为当代文坛为数不多的“才子型”作家，于小说、散文、诗歌创作之外，贾平凹还兼通书画。有《海风山骨——贾平凹书画作品选》《贾平凹书画集》等多部书画集行世。

其书画作品独出机杼、不拘格套，有独特规矩，自家章法，具风骨气韵，无匠气斧斫痕。被认为是“一超直入如来境”，其画作“生拙、冷峻、古淡、高逸”，“浑厚、朴实、大气，金冬心之后，画界无此格也”。虽将书画创作视为“余事”，但书画创作是贾平凹体悟中国古典审美意趣及技法的不二法门。《废都》以降其在小说“作法”上的诸多努力，颇多得益于书画思维。《秦腔》的“仿日子结构”及密实流年式的叙写；《古炉》“大面积的团块渲染”，“看似写实，其实写意，看似没秩序，没工整，胡摊乱堆，整体上却清明透彻”；《极花》之“虚实互现”，无不与绘画思维关联甚深。由“画法”悟得之“文法”，使得贾平凹逐渐形成独特之小说诗学。其品质与单纯受容西方小说叙事经验者颇多差异。贾平凹也因此成为在文学观念和笔法上贯通古今、融汇中西的代表性作家，其作品作为中国古典传统创造性转换和创新性发展的典范意义即在此处。以经过创造性转换之中国古典诗学的概念范畴，如“境界”“虚实”“气韵”“风骨”等观之，则其用心约略可解。

贾平凹充分意识到，其“血地”丹凤县属“秦头楚尾”，这使其既能够对中国文化之柔性品质颇多感应，可以承续明清世情小说传统，作品多清新、灵动、疏淡、幽默；亦使其能宗法两汉史家笔法，沉而不靡，厚而简约，用意直白，下笔肯定，以真准震撼，以尖锐敲击，作品有秦汉风骨、盛唐气象。自 20 世纪 80 年代以来，其创作之所以能“多转移，多成效”，无疑与其具有多样可能性密不可分。早在 1980 年代初，贾平凹即有志于“以中国传统的美的表现方法，真实地表达现代中国人的生活和情绪”。后又从“水之性”中悟得文章之道，其文法上承苏东坡“大略如行云流水，初无定质，但常行于所当行，常止于所不可不止，文理自然，姿态横生”之要旨，又与沈从文、汪曾祺等作家美学趣味颇多交通。若以由陈世骧发现，高友工、王德威等人申论之中国文学“抒情传统”观之，则始于废名，成熟于沈从文、汪曾祺，集大成于贾平凹的中国现当代文学抒情一脉足以自成一格，以独有的思想及美学趣味构成文学史的另一面相。不仅此也，贾平凹多年间也力图融通中国古典的“史传传统”，故其作品亦可自“史传传统”角度做意义的阐发。但不同于在各种观念和笔法之间做非此即彼式的选择的单向度路径，贾平凹无疑深得中国古典圆融通观之妙，故而力图统合“史传”与“抒情”，而开出更具包容性和概括力，兼具多种面向的文学世界。其新世纪后多部长篇小说的统合性努力，要义即在此处。

在中西文化的大背景下，书写“乡土中国”与“现代中国”及“世界”的遭遇，以及因这遭遇而引发的社会、人性、精神甚至魂与灵的阵痛与裂变、探讨人与世界的困境和出路，可以说是贾平凹多年来写作的基本主题。其“中年变法”之作《废都》以作家庄之蝶之个人遭际为中心，写出了一个群体及其时代的精神状况。该作与以《金瓶梅》《红楼梦》为代表之明清世情小说“笔法”的内在关联，开启了当代小说写作的“返本开新”之境，其中包含着中国文化及其所持存之应世智慧之现代可能。庄之蝶之个人体悟，亦可解作《红楼梦》“抒情境界”之再生。《秦腔》以清风街中人事在大时代中的变化书写乡土世界令人触目惊心的颓败，呼应着沈从文未竟之作《长河》“写出来的部分和虽然未写但已经呼之欲出的部分”。其“密实流年式的叙写”，淋漓尽致地展现了日常乡土经验的丰富性和复杂性，从而建构起了一种“百科全书”式的日常乡土诗学。《古炉》则以偏僻闭塞之“古炉村”在“文革”期间的变化，对应着更大世界的变局。“文革”如何嵌入乡村，并改变着乡村的伦理及精神秩序，是该作着力铺陈之处，也是贾平凹的用心所在。借此，贾平凹写出了时代之变局与人心的丧乱，以及与此相对应的春秋代序四时作息生老病死一如往常的天地节律。《老生》以中华民族的始源性文献《山海经》为参照，以《周易》“循环往复”思维表征一个世纪的历史变迁，并在中国古典思想“天、地、人”之意义上思考社会及人的问题。此后的《山本》亦可作如是观。发生于20世纪二三十年代秦岭中的历史人事，包含着更为复杂的文化寓意。井宗秀、陆菊人、宽展师父、陈先生，以及麻县长、周一山等人物及其在历史风云变幻之中的命运遭际，不仅呈现出大时代的个人命运，亦表明在中国文化语境下各色人等于历史大变局中的文化应对。他的写作因此更能表现“乡土中国”之现代困境和其中世道人心的剧变，以及此种困境与自晚清开启，至“五四”强化之文化的“古今中西之争”和社会的现代化进程之间的复杂关联。基于此，他的作品被认为是20世纪80年代迄今表现“乡土中国”现代巨变的春秋心史。

以思想范式、精神品格、美学追求论，贾平凹的写作均超越“五四”以降中国文学的现代传统，而与中国古典文脉关联甚深。《废都》之后的二十余年间，贾平凹为当代中国文学史提供了多部足以体现中国古典文脉之当代形态的重要作品。这一类作品之于中国文学史（古今贯通的“大文学史”）的独特意义，必将随着时间的推移而愈发凸显。

他在贯通古今、融汇中西的视域中所做的种种文学努力，也成为扎根现实、赓续传统并朝向未来的新的文学观念确立的重要尝试之一种，有待论者做更为系统、深入的阐释。

在接近“从心所欲，不逾矩”之年，回顾既往的写作和生命历程，贾平凹仍然感慨万千、情难自抑：“我这近七十年里，可以说是曾经沧海，比如出生于共产党军队的团部，团部又驻扎在大地主的庄院；比如少年时期的土改，反右，公社化，社教……比如青壮年间的工农兵上大学，计划生育，打倒四人帮，改革开放……城市化，金融危机，反腐，扶贫。”“每一个历史节点，我都见识过和经历过，既看着别人陷入其中的热闹，又自己陷入其中被看热闹。”如是种种，都被他写进了作品中。他的作品，因此既是个人生命际遇和精神追求的记录，也是整个国家民族历史进程的记录。他写下的数十部长中短篇小说，也因此可以被视为书写二十世纪初迄今世态人情、世道人心沧桑巨变的“中国故事”。他以现实主义精神为基础，融通中国古典思想和审美传统的种种努力，也使得他笔下的“秦岭南北”，最富中国精神和中国气派。而以中国式的审美表达方式书写“秦岭南北”，既是文化返本开新的必由之路，亦是重建文化自信题中应有之义。

贾平凹创作谈：

1988年的7月，我因病住进了医院，至今病未痊愈。我知道我的“病从何起”，数个年头的家庭灾难，人事的是非，要病是必然的。但这一病，却使我“把一切都放下了”，所以我说病就是另一种形式的参禅。

有一种“应无所住”的“平常心”，于文学却十分有益，这就使我写出了《太白山记》。我不敢说这部作品写得怎么个样子，但自我感觉良好，比我病前的作品少了几分浮躁气。

短篇

太白山记（节选）

寡妇

一入冬就邪法儿地冷。石块都裂了，酥如糟糕。人不敢在屋外尿，出尿成冰棍儿撑在地上。太白山的男人耐不过女人，冬天里就死去多。

孩子，睡吧睡吧，一睡着全当死了，把什么苦愁都忘了。那爹就是睡着了吗？不要说爹。

娘将一颗瘪枣塞进三岁孩子的口里，自己睡去。孩子嚼完瘪枣，馋性未尽又吮了半晌的指头，拿眼在黑暗瞧娘头顶上的一圈火焰，随即亦瞧见灯芯一般的一点火焰在屋梁上移动，认得那是一只小鼠。倏忽间听到一类声音，像是牛犁水田，又像是猫舔糨糊。后来就感觉到炕上有什么在蠕动。孩子看了看，竟是爹在娘的身上，爹和娘打架了！爹疯牛一般，一条一块的肌肉在背上隆起，急不可耐，牙在娘的嘴上啃，脸上啃；可怜的娘兀自闭眼，头发凌乱，浑身痉挛。孩子嫌爹太狠，要帮娘，拿拳头打爹的头，爹的头一下子就不动了。爹被打死了吗？孩子吓慌了，呆坐起定眼静看，后来就放下心，爹的头是死了，屁股还在活着。遂不管他们事体，安然复睡。

天明起来，炕上睡着娘，娘把被角搂在怀里。却没见了爹。临夜，孩子又看见了爹。爹依旧在和娘打架。孩子亦不再帮娘，欣赏被头外边露出的娘的脚和爹的脚在蹬在磨在蹬，十分有趣。天明了炕下又只是娘的一双鞋和他的一双鞋。

又一个晚上，娘与孩子坐上炕的时候，孩子问爹今夜还来吗？娘说爹不会来，永远也不会来了。娘骗人，你以为我没有看见爹每夜来打你吗？娘抱住了孩子，疑惑万状，遂面若土色，浑身直抖。他们守挨到半夜，却无动静，娘肯定了孩子在说梦话，于门窗上多加了横杠蒙头睡去。孩子不信爹不来了的，等娘睡熟，仍睁着眼睛。果然爹又出现在炕上。爹一定是要和儿子捉迷藏了，赤着身子贴墙往娘那边挪。爹，这样会冷着身子的！因为爹的头上没有火焰。但爹不说话，腮帮子鼓鼓的。爹在被人抬着装进一口棺木中时口里是塞了两个核桃的。爹，那核桃还没吃吗？爹还是不说话，继续朝娘挪去。孩子生气了，很恨爹，续而又埋怨娘，怎么还要骗我说爹永远不会回来呢？孩子想让爹叫出声来，让娘惊醒而感到骗人的难堪，便手在炕头摸，摸出个东西向爹掷去。掷出去的竟是砖枕头，恰砸在爹身子中间的那个硬挺的东西上。娘醒过来。娘，我打着爹了。爹在哪儿？灯点亮了，却没有爹，但孩子发现爹贴在墙上的那个地方上，有一个光溜的木橛。你这孩子，盯一个木橛吓娘！娘在被窝里换下待洗的裤衩，挂在那木橛上。木橛潮潮的，娘说天要变了，木橛也潮露水。

翌日，娘携着孩子往山坡上的坟丘去焚纸，发现坟丘塌开一个洞。惊骇入洞，棺木早已开启，爹在里边睡得好好的，但身子中间的那个东西齐根没有了。

孩子在与同伴玩耍时，将爹打娘的事说了出去。数年后，娘想改嫁，人都说她年青，说她漂亮，人却都不娶她。

猎手

从太白山的北麓往上，越上树木越密越高，上到山的中腰再往上，树木则越稀越矮。待到大稀大矮的境界，繁衍着狼的族类，也居住了一户猎狼的人家。

这猎手粗脚大手，熟知狼的习性，能准确地把一颗在鞋底锃亮的弹丸从枪膛射出，声响狼倒。但猎手并不用枪，特制一根铁棍，遇见狼故意对狼扮鬼脸，惹狼暴躁，扬手一棍扫狼腿。狼的腿是麻秆一般，着扫即折。然后拦腰直磕，狼腿软若豆腐，遂瘫卧不起。旋即弯两股树枝吊起狼腿，于狼的吼叫声中趁热剥皮，只要在铜疙瘩一样的狼头上划开口子，拳头伸出去于皮肉之间嘭嘭捶打，一张皮子十分完整。

几年里，矮林中的狼竟被猎杀尽了。

没有狼可猎，猎手突然感到空落。他常常在家坐喝闷酒，倏忽听见一声嚎叫，提棍奔出来，鸟叫风前，花迷野径，远近却无狼迹。这种现象折磨得他白日不能安然吃酒，夜里也似睡非睡，欲睡乍醒。猎手无聊得紧。

一日，懒懒地在林子中走，一抬头见前边三棵树旁卧有一狼作寐态，见他便遁。猎手立即扑过去，狼的逃路是没有了，就前爪搭地，后腿拱起，扫帚大尾竖起，尾毛拂动，如一面旗子。猎手一步步向狼走近，眯眼以手招之，狼莫解其意，连吼三声，震得树上落下一层枯叶。猎手将落在肩上的一片叶子拿了，吹吹上边的灰气，突然棍击去，倏忽棍又在怀中，狼却卧在那里，一条前爪已经断了。猎手哈哈大笑，迅雷不及掩耳之势将棍要再磕狼腰，狼狂风般跃起，抱住了猎手，猎手在一生中从未见过这样伤而发疯的恶狼，棍掉在地上，同时一手抓住了一只狼爪，一拳直塞进弯过来要咬手的狼口中直抵喉咙。人狼就在地上滚翻搏斗，狼口不能合，人手不敢松。眼看滚至崖边了，继而就从崖头滚落数百米深的崖下去。

猎手在跌落到三十米，崖壁的一块凸石上，惊而发现了一只狼。此狼皮毛焦黄，肚皮丰满，一脑壳桃花瓣。猎手看出这是狼的狼妻。有狼妻就有狼家，原来太白山的狼果然并未绝种。

猎手在跌落到六十米，崖壁窝进去有一小小石坪，一只幼狼在那里翻筋斗。这一定是狼的狼子。狼子有一岁吧，已经老长的尾巴，老长的白牙。这恶东西是长子还是老二老三？

猎手在跌落到一百米，看见崖壁上有一洞，古藤垂帘中卧一狼，瘦皮包骨，须眉灰白，一右眼瞎了，趴聚了一圈蚁虫。不用问这是狼的狼父了。狡猾的老家伙，就是你在传种吗？狼母呢？

猎手在跌落到二百米，狼母果然在又一个山洞口。

……

猎手和狼终于跌落到了崖根，先在斜出的一棵树上，树咔嚓断了，同他们一块坠在一块石上，复弹起来，再落在草地上。猎手感到剧痛，然后一片空白。

猎手醒来的时候，赶忙看那只狼。但没有见到狼，和他一块下来已经摔死的是一个四十余岁的男人。

名家点评

《太白山记》十二篇，潇洒、倜傥、幽默、隽永，然而却令我有一种隐隐的切肤之痛。篇篇细究，有人性作恶的，也是神性作恶的，神性救不了人；人性也难因有“功”而升华为神。

气功文学的现代嬗变指的是：文学毕竟是文学，不是关于特异功能的调查报告，他从始至终关注的是人自身的人性建构。人自身存在的“人性”“神性”是如何斗争、渗透、统一的，这才是现代气功文学关注的课题。《太白山记》在此，算是开了一个头。一个好头。

文学评论家　董子竹

《太白山记》是一组无奈、愤懑、怨恨诸情绪垫底的臆想式的股状点射，这是一种抑郁的士人心理，一如蒲松龄写作《聊斋志异》的思绪，通篇仙气多于神气，即底层的人无法通过正常的渠道与邪恶的压迫抗衡，转而进入旁门左道，去借助臆想中存在的邪气力量，让持有特异功能的狐狸或兔子主持正义。贾平凹是一位趋向于心灵写作的作家，他的小说除了通过内容及语言显示力量之外，还给人一种深入人心的觉悟冲力，且这种冲力是直指灵魂的。

西北大学教授、博士生导师，作家　穆涛

贾平凹创作谈：

到了《五魁》这一组时，主要从心理上、心态上写，是一种心理结构。这和从前不一样。以前很少有心理描写。这一回心理描写，成几段几段往下弄，分着层次往下写，把人的心理抛出来写，这以前没有过，这种现象，也可以说是一种感觉。我这样弄想冲淡传奇性。这一组作品由于题材所限，弄不好就成了传奇，太传奇了就容易坠入庸俗化。我不想陷到通俗小说里面去。

每个女性一旦遇着一个人便产生一种崭新的形象，创造出一个完整的新人，但正是这样，这个女性也就在他手里毁灭了。我是想从另一个角度把女性创造出来，创造新的形象。《五魁》等作品也是这样。在一种环境中，突然来了一个人，她产生了一种新的生活欲望，一种心情。但最后这种东西又完全把这个女性毁灭了。

中篇

五魁（节选）

迎亲的队伍一上路，狗子就咬起来，这畜类有人的激动，撵了唢呐声从苟子坪到鸡公寨四十里长行中再不散去。有着力气，又健于奔跑的后生，以狗得了戏谑的理由，总是放慢速度，直嚷道背负着的箱子、被褥、火盆架、独坐凳以及枕匣、灯檠、镜子，装了麦子的两个小瓷碗，使他们累坏了。“该歇歇吧！”就歇下来。作陪娘的麻脸王嫂说不得，多给五魁丢眼色，五魁便提醒：世道混乱，山路上会有土匪哩。后生们偏放胆了勇敢说，土匪怕什么？不怕。拔了近旁秋季看护庄稼的庵棚上的木杆去吆喝打狗。狗子遂不再是一个两个，每一个沟岔里都有来加盟者，于亢昂的唢呐声中发生了疯狂。跃细长黄瘦剪去了尾巴的身子在空中做弓状，或爹起腿来当众撒尿，甚或有一对尾与尾勾结了长长久久地受活在一处了。于是就喊：“嗨，骚狗子！嗨，骚狗子！”喊狗子，眼睛却看着五魁背上的人。五魁脸也红了，脚步停住，却没有放下背上的人。

背上的人是不能在路上沾土的。五魁懂得规矩，愤愤地说：“掌柜是不会放过你们的。”

“我们当然不像五魁。”后生们说，“我们背的是死物，越背越沉。五魁有能耐你一个人快活走吧。”

五魁脸已是火炭，说：“造孽哩，造孽哩。”但没办法，终是在前边的一块石头前将背褡靠着了。背褡一靠着，女人的身子明显地闪了一下，两只葱管似的手抓在他的肩上，五魁一身不自在，连脖子都一时僵硬了。

五魁明白，这些后生绝不是偷懒的痞子，往日的接亲，都是一路小跑着赶回去，恋那早备了的好烟吃、烈酒喝，今日如此全是为了他背着的这个女人。

当一串鞭炮响过，苟子坪的老姚捏着烟迎他们在厅屋里吃酒，瞥见了里屋土炕上正坐了一位哭天抹泪的女人，他们就全然没有嘻嘻哈哈的放浪了，因为那女人生就得十分美艳为他们见所未见。一个贫穷的茅草屋里生养出个观音人来，实在是一个奇迹，立时感到他们来此接亲并不是为柳家的富豪所逼使，而是一种赐予与恩赏了。世上的闺女在离开了父母的土炕将要去另一个做妇人的土炕时，都是要哭啼落泪，而这女人哭起来也是样子可爱。她的母亲和她的陪娘在劝说着，拉下她的手，将粉重新敷在她的脸上，梳子蘸了香油再一次梳光了头发，五魁就看见了她歪在炕沿上，一条腿屈压在臀下，一条腿款款地斜横在炕沿板上，绣花的小鞋欲脱未脱地露出了脚跟的姿态。那一刻里，他觉得这女人是应该嫁到富豪的柳家去享福的，而且应该用八抬花轿来抬。但可惜山高沟大，没有抬花轿的路可走，只得他五魁驮背了。

五魁在十六岁的时候，已经体格均匀，有大力气，被选作了驮背新娘的角色，以致从此成了专门职业。十年来，他几乎背驮了数十个新娘，他知道了鸡公寨的各家媳妇重与轻，胖与瘦，甚至俊丑及香臭，但他从来还未背过这么美妙的女人。他不明白在他走向炕边，背过身去，让那女人爬上背来，他竟是唰地出了一身微汗，以至于在女人已经双膝跪在了背褡上的毡垫还不知道，待到一声叫喝，姚家的人将朱砂红水抹在了他的脸上，他才清醒他是该出门走了。这一路都在后悔，也不能看见背上的人，背上的人却这么近地能看着他。该怎么在窃笑他那时的一副蠢相呢？

正是这女人被他背驮着了，挨在后边的抬着嫁妆的后生们，他们是可以一直不歇气地走到天边去，走到死去，他不觉劳累的。但是四十里山路轻易地到达实在不是他们的需要，后生们话才这么多，才这么兴奋，才这么故意寻借口拖延。在接亲的路上，做了新娘的虽是柳家的人了，但还不是真正的柳家人，他们的戏谑都不为过，若一经进了柳家，这女人就不是能轻易见得到的了。后生们如此，他五魁还能这么近地接触她吗？所以五魁也就把背褡靠在石头上歇起来。

八月的太阳十分明亮，山路上刮着悠悠的风，风前的鸟皱着乱毛地叫，五魁觉得一切很美，平生第一次喜欢起眼前起伏连绵的山和山顶上如绳纠缠的小路。如果有宽敞的官道，花轿抬了，或者彩马骑了，五魁最多也是抬嫁妆的一个。五魁几乎要唱一唱，但一张嘴，咧着白生生的牙笑了。麻脸陪娘走近来很焦急地看着他，又折身后去打开了陪箱的黄铜锁子，取出了里边的核桃和枣子分给后生们吃。这些吃物原本准备给接嫁人路上吃的，但通常是由接嫁人自己动手，现在则由陪娘来招待，大家就知道麻脸人的意思了：

“天是不早了呢！”陪娘说。

“误不了夜里入洞房的”，后生们要花嘴：“瞧这天气多好！”

“好天气……”

“那还怕了土匪？”

“哪里怕了土匪！”陪娘不愿说不吉祥的话，“你们可以歇着，五魁才要累死了！”

“五魁才累不死的！”

五魁想，真的累不死。他就觉得好笑了。这些后生是在嫉妒着他哩。当五魁一次一次做驮夫的差事，他们是使尽了嘲弄的，现在却羡慕不已了。他不知道背上的女人这阵在想着什么。一路上未听到说一句话。五魁没有真正实际地待过女人，揣猜不出昨日的中午，在娘家的院子里被人用丝线绞着额上的汗毛开脸，这女人是何等的心情，在这一步近于一步地去做妇人的路上又在想了什么呢？隔着薄薄的衣服，五魁能感觉到女人的心在跳着，知道这女人是有心计的人，多少女人在一路上要么偶尔地笑笑，要么一路地啼哭。她却全然没有。她一定也像陪娘一样着急吧，或者她是很会懂得自己的美丽，明白这些后生的心意，只是不言破罢了。

不言破这才是会做女人的女人。

好吧，五魁想，那不妨就急急她。她急着，陪娘急着，鸡公寨外的山口上等待着新人的柳家少爷更让急着去吧。

老实坦诚的五魁这一时也有一种戏谑的得意，若这么慢慢腾腾地走下去，一个晌午女人是不能吃喝和解手，使她因水火无情的缘故而憋得难受，于他和他的同类将是又怎么开心的事呢？一个将要在柳家的土炕上生活的妇人，五魁对于她的美的爱怜而生出了自己的童身孤体的悲哀，就有了说不清的一种报复的念头了。

有了这一念头的五魁，立即又被自己的另一种思想消灭了：谁让自己是一个穷光蛋呢，不要说自己不能有这样的美人，连一个稍有人样的女人也不曾有，即使能得到这女人，有好吃的供她吗？有好穿的供她吗？什么马配什么鞍，什么树招什么鸟，这都是命运安定的。五魁，驮背一回这女人，已经是福分了，是满足了！于是，五魁对于后生们没休没止的磨蹭有不满了。

“歇过了，快赶路吧！”他说。

后生们却在和陪娘要嘴儿，他们虽然爱恋着那个可人，但新娘的丽质使他们只能喜悦和兴奋，而这种丽质又使他们逼退了那一份轻狂和妄胆，只是拿半老徐娘的陪娘作乐。他们说陪娘的漂亮，拔了坡上的野花让她插在鬓角。五魁扭头瞧着快活了的麻脸陪娘也乐了。

是的，陪娘在以往的冷遇里受到了后生们的夸耀忘记了自己的本色，如此标致的新人偏要这个麻脸做她的陪娘，分明是新人以丑衬美的心计所在了。或许，这并不是新人的用意，而她实在是美不可言，才使陪娘的脸如此不光洁吗？五魁觉得自己太幸福了，他离开了石头，兀自背着新人立在那里，看太阳的光下他与背上的人影子叠合，盼望着她能说一句：这样你会累的。新人没说。但他知道她心里会说的，他的之所以自讨苦吃，是要新人在以后的长长的日月里更能记忆着一个背驮过她的人。

天确实是不早了，但后生们仍在拖延着时间，似乎要待到如铜盆的太阳哐嚓一声坠下山去才肯接嫁到家，戏弄了陪娘之后，又用木棒将勾连的狗子从中间抬过来，竟抬到五魁的面前，取笑着抹了朱砂红脸的五魁，来偷窥五魁背上的人面桃花了。

五魁无奈扭身，背了新人碎步急走。

这一幕背上的女人其实也看到了。一脸羞怯，假装盯眼在前面的五魁头顶的发旋上了。

五魁感觉到发旋部痒痒的。在一背起女人上路，他的发旋部就不正常，先是害怕虽然洗净了头，可会有虱子从衣领里爬上去吗？即使不会有虱子，而那个发旋并不是单旋，是双旋，男的双旋拆房卖砖，女人会怎样看待自己呢？到后来，发旋部有悠悠的风，不知是自己紧张的灵魂如烟一样从那里出了窍去，还是女人鼻息的微微热气，或者，是女人在轻轻为他吹拂了，她是会看见自己头上湿漉漉的汗水，不能贸然地动手来揩，便来为他送股凉风的吧。

这般想着的五魁，幻觉起自己真成了一匹良马，只被主人用手抚了一下鬃毛，便抖开四蹄翻碟般地奔驰。后边的后生果然再不磨蹭，背了嫁妆快步追上，唢呐吹奏得更是热烈。五魁还是走得飞快，脚步弹软若簧，在一起一跃中感受了女人也在背上起跃，两颗隐在衣服内的胖奶子子正抵着他的后背，腾腾地将热量传递过来了。草丛里的蚂蚱纷纷从路边飞溅开去，却有一只蜜蜂紧追着他们。

“蜂，蜂！”女人突然地低声叫了。

蜜蜂正落在了五魁的发旋上。

听见女人的说话，五魁也放了大胆，并不腾出手来撵赶飞虫，喘着气说："它是为你的香气来的。"但蜜蜂狠狠蜇了他，发旋部火辣辣的立时暴起一个包来。

"五魁，蜇了包了！你疼吗？"

"不疼！"五魁说。

女人终于用手指在口里蘸了唾沫涂在五魁的旋包上。

五魁永远要感激着那只蜜蜂了。蜜蜂是为女人的香气而来的，女人却把最好的香液涂抹在了自己的头上！对于一个下人，一个接嫁的驮夫，她竟会有这般疼爱之心，这就是对五魁的奖赏，也使五魁消失了活人的自卑，同时产生了一种可怕的邪念，倒希望在这路上突然地出现一群青面獠牙的土匪，他就再不必把这女人背到柳家去。就是背回柳家，也是为了逃避土匪而让他拐弯几条沟几面坡，走千山万水，直待他驮她驮够了，累得快要死去了。

是心之所想的结果，还是命中而定的缘分，苟子坪距鸡公寨仅剩下十五里的山道上，果然从乱草中跳出七八条白衣白裤的莽汉横在前面，麻脸陪娘尖锥锥叫起来："白风寨！"

白风寨远鸡公寨六十里，原是一个下河人云集的大镇落。二十年前，从深山里迁来了一对夫妇，妇人年纪已迈，丈夫很精神，所带的四个孩子来到了镇落，默默地开垦着山林中的几块洼田生活着。这丈夫的脾气十分暴躁，经常严厉地殴打他的孩子，竟有一次三个孩子炒吃了做种子的黄豆，即用了吆牛的皮鞭抽打，皮鞭也一截一截抽断了。做母亲的闻讯赶来，突然破口大骂道："你就这么狠心吗？他们是我的儿子，你也是我的儿子，你在他们面前逞什么威风？！"那丈夫听了妇人的话，立即呆了，遂即大声狂叫起来，一头撞死在栗子树上。消息传开，人们得知了这一对夫妇原是母子，他们就愤怒起来。这妇人为自己的失言而后悔，也为着自己的失去妇德和母德，虽然她当年在深山这样做是出于为了能与野兽和阴雨荆棘搏斗而生存下来的需要，但她还是被双腿缚上了一扇石磨，而脖子套上了绳索挂在栗子树干上。妇人的四个孩子也被抓来了三个，并在妇人没有咽气时被人们用榔头砸死。妇人就在同一瞬间死去了，于一个夜晚，身子同石磨的重量拉断了纤细的脖颈，掉入了树下的那个深渊，而头依然在绳索里吊着如摇摆的钟锤……

那走脱的四个孩子中最小的一个终没有下落。二十年后的一天，白风寨便有了一个年轻的枭雄唐景，他打败了官家，以此安营扎寨，演绎了许多英武的故事。外边的世界里都在传说着这个枭雄正是往昔的妇人的最小儿子，他在别的村庄别的山寨是提起来令人毛骨悚然的人物，但在白风寨却大受拥戴，他并不骚扰这个寨以及寨之四周十数里地的所辖区的任何人家，而任何官家任何别的匪家却不能动了这地区的一棵草或一块石头。虽然也娶下了一位美貌的夫人，但他的服饰从来都是白的，也强令着他的部下以至那个夫人也四季着白色的衣裤。为了满足寨主的欢喜，居住在这个寨中的山民都崇尚起白色。于是，遭受了骚扰的别的地方的人一见着一身着白的人就如撞见瘟神，最后连崇尚白色的白风寨的山民也被视为十恶不赦的匪类了。

麻脸的陪娘看得一点没错，拦道的正是白风寨的人，他们不是寨中的山民，实实在在是唐景的部下。原本在山的另一条路口要截袭县城官家运往州城的税粮，但消息不确，苦等了一日未见踪影，气急败坏地撤下来议论着白风寨近期的运气不佳全是殒了压寨夫人所致，痛惜着美貌的夫人什么都长得好，就是鼻梁上有一颗痣坏了她的声名。为什么平日荡秋千她能荡得与梁齐平而未失手，偏在七月十六日寨主的生日，那么多人聚集在大场上赛秋千，她竟要争那个第一呢？

为什么在荡到与梁欲平的时候，众人一哇声叫好，她的宽大的丝绸裤子就断了系带脱溜下来，使在场的人都看见了不该看到的部位呢？寨主从不忌讳自己的杀人抢劫，当他把大批的粮食衣物分给寨中山民时告诉说这是我们应该有的，甚至会从褡裢中掏出一颗血淋淋的人头讲明这是官府 ××× 和豪富 ×××，但他却是不能允许在他的辖地有什么违了人伦的事体。他扬起枪来一个脆响击中了秋千上的夫人，血在蓝天上洒开，几乎把白云都要染红，美貌的夫人就从秋千上掉下来。他第一个走近去，将她的裤子为她穿好，系紧了裤带，在脱下自己的外衣再一次覆盖了夫人的下体后，因惯性还在摆动的秋千踏板磕中了他的后脑勺。

现在，他们停下来，挡住了去路，或许是心情不好而听到欢乐的唢呐而觉愤怒，或许是看见了接亲的队伍抬背了花花绿绿的丰富的嫁妆而生出贪婪，他们决定要逞威风了。此一时的山峁，因地壳的变动岩石裸露把层次竖起，形成一块一块零乱的黑点，云雾弥漫在山之沟壑，只将细路经过的这个瘦硬峁梁衬得像射过的一道光线。接亲的队列自是乱了，但仍强装叫喊："大天白日抢劫吗？这可是鸡公寨的柳掌柜家的！"

拦道者听了，脸上露出笑容来，几乎是很潇洒地坐下来，脱下鞋倒其中的垫脚沙石了，有一个便以手做小动作向接亲人招呼，食指一勾一勾地，说："过来，过来呀，让我听听柳家的源头有多大的？"

接亲的人没有过去，却还在说："鸡公寨的八条沟都是柳家的，掌柜的小舅子在州城有官座的，今日柳家少爷成亲，大爷们是不是也去坐坐席面啊？"

那人说："柳家是大掌柜那就好了，我们没工夫去坐席，可想这一点嫁妆柳家是不稀罕的吧？！"

后生们彻底是慌了，他们拿眼睛睃视四周，峁梁之外，坡陡岩仄，下意识地摸摸脑袋，将背负的箱、柜、被褥、枕头都放下来，准备作鸟兽散了。麻脸的陪娘却是勇敢的女流，立即抓掉了头上的野花，一把土抹脏了脸，走过去跪下了："大爷，这枚戒指全是赤金，送给大爷，大爷抬开腿放我们过去吧！"

陪娘伸着右手的中指，中指上有闪光的金属。

那人就走过来欲卸下戒指，但一扭头，正是藏在五魁背后的新娘探出来瞧陪娘的戒指，四目对视，新娘自然是低眼缩伏在了五魁的背后，那人就笑了。

陪娘说：“大爷，这可是一两重的真货，嫁妆并不值钱的，只求图个吉祥。”

那人说：“可惜了，可惜了！”

陪娘说：“只要大爷放过我们，这点小意思，权当让大爷们喝杯水酒了！”

那人却说：“这么好的雌儿倒让柳家的消用，有钱就可以有好女人吗？你家少爷能，我们白风寨也是能的。”遂扭转头去对散坐的同伙说，“瞧见那雌儿了吗？好个人才，与其让做财东婆真不如做了咱们的压寨夫人哩！”

同伙在这一时里都兴奋得跳起来。

陪娘立即站起，“这使不得，这使不得！”双手挥舞，似要抵挡了。那人抽刀来扫，一道白光在陪娘的面前闪过，便见一件东西飞起来，陪娘定睛看时，东西已被贼人接住，是半截指头和指头上的戒指，才发现自己中指已失，齐楞楞一个白碴，就昏死地上了。

那人叫道：“都听着，这新娘还是新娘，但已是我们的压寨夫人！柳家是大掌柜，他少不得被我们抄家杀头，这女人与其做少奶奶短命倒不如做压寨夫人长长久久！”

五魁不待那人说完，拧身就往东路跑，跑到一块大石后，拐脚钻入一块茅草地．不顾一切地往峁沟窜去，已经吓得木木呆呆的新娘此一刻里双脚双手只搂着五魁如缠树藤萝。慌不择路的五魁不住地要耸耸身子，将越背越下沉的女人在耸中向上挪送，每一耸就摔下一把汗豆子。再后就双手反搂在后，勒紧了女人的腰，说“我要滚了！”已是刺猬一般从一个斜坎滚下去，荆棘茅草就碾平了一道。滚到坎下，前面就是一条河了，河面上架一棵朽柳树的桥，深水旋着无数的涡儿，看去如一排排铆钉。五魁仰头往山上看，看不到峁梁，却想，若立即踏桥过河，山峁上必是能看得见的了，就用嘴努努左侧的一处鹰嘴窝岩，说：“那里有一个洞，藏在那里鬼也寻不着了！”要站起来，却发现自己还倒在草窝里，女人的双手还勒着自己的脖子，女人的双脚也弯过来绞住了自己的腰，五魁就驮着女人拱身要站起来，但几次拱不起。女人终于说：“让我下来！”一句话使惊魂失魄的五魁知道现在是安全地带了，便庆幸起自己的勇敢和机智，同时松弛了的脑袋里闪动了许多思绪，啊啊，一个菩萨般的女人现在与自己是很亲近的了！且不说她到了柳家做少奶奶是五魁不能正眼看的，即使她还在苟子坪做女儿，比五魁更魁伟的也更有钱的男人能挨着她一个指头吗？而如今她手脚纠缠地在自己身上合二为一，她是把一切的一切都依赖着他了！他看见了自己下巴下十指交叉着的白手有一处流着血，就后悔滚坡下来的时候没有保护得了被荆棘的划撕，那一只脚上，绣花的红鞋也快要掉了，如果真要被树枝挂走了，一个女人赤着一只脚，女人的难堪会使自己怎样的负疚呢！他腾出一只手来，将她的小鞋穿好，这一动作蛮有心劲，浑身的血管就汩汩跳，但表现得似乎毫无别的心思的样子。女人竟也如小孩一样并不配合，软软的，让他穿了许久。

女人说："五魁，你救了我，你好行哩！"

这样的一句话，使五魁无限地激动，一拱身就站起来了。

"土匪我见得多了，跑得过我的他娘还没生下哩！"

五魁想，躲在鹰嘴窝岩下只要熬过一时，土匪就会寻不到他们而离去；那么，背驮着女人过了那个桥面，再顺沟下行二十里，再绕上鸡公寨，天擦黑是可以将新娘背驮到柳家的。对于这一场抢劫，于五魁实在不是灾祸，原本想多背驮女人的想法竟成现实，五魁对土匪是不恨的，倒觉得土匪与自己有一种默契似的。

"王嫂她不知怎么啦？"背上的女人突然说。

“不知怎么啦？”五魁也说，为女人的慈良叹息了。土匪用刀削掉了陪娘的指头，他是看见了，他可惜这个陪娘，却又怨恨为什么要送给土匪金戒指呢？如果土匪发现走失了新娘，会不会就又抢走了这个麻脸断指的黄皮婆呢？“这都是那些崽子的罪！”五魁骂起抬嫁妆的后生们了，呸，口大气粗，遇事稀松，要不是他五魁及早逃走，这女人今日晚上不就沦为土匪的床上用品吗！

“只要你好，”五魁说，“我会把你囫囫囵接到柳家的。”

土匪是可能抢走了所有的嫁妆，也可能杀死一些人的，这消息会传到柳家，柳家一定在为新娘担心了，或许他们痛哭号叫，或许组织人马去白风寨要人，或许绝望了，但偏偏在这个时候，他五魁背驮着新娘安全无恙地出现了，柳家于惊喜之余如何感念他啊！是的，五魁的举动并不是建立在柳家的是否感念，只要求得新娘对自己的记忆。再退一步，即使新娘此后再不记忆这事，他五魁完成了他对于一个美丽女人的保护，五魁就是很英雄很得意的人了！

已经到了鹰嘴窝岩下了，五魁还是没有放下女人，他说他不累。有什么累呢？百五十斤的劈柴捆，他会从四十里外高山上一气背回来的。一搂粗的碌碡也能搬得起来。“我行的。”他说得很豪迈，甚至背驮着女人往上跳了一下。但是，他突然咚地跌在地上，女人也摔在一丈开外了。五魁顿时羞愧满面，抬头就看女人，却看到的是三个提刀的土匪，明白了刚才的跌倒并不是他的无能，是土匪的一块石头砸在他的腿内弯的。

五魁扑过去把女人罩在了身下。

土匪嘿嘿地笑了：“小子你好腿功！”

五魁说：“你们不要抢她，她怎么能嫁给一个土匪呢？你们捆了我去吧！”

土匪一脚把五魁踢倒了，却用手拍拍他的脸：“养活你个吃口货吗？”

五魁就势抓了匪手又扑过来，土匪再踢开去，五魁已流血满面，还是扑过来。土匪说：“是个死缠头！”举刀就砍下去。女人叫道：“不要杀他，我跟你们走是了！”落下来的刀一翻，刀背砸在五魁的长颈上。五魁就死一般地昏过去了。

死里逃生的接嫁人抬背着完整无损的嫁妆到了柳家，但接亲没有接回新娘，拥在柳家门前鸣放着三千头的鞭炮的众人，便立即放下挑竿。用脚把炮捻踩灭。柳掌柜怀里的水烟袋惊落在地，肥胖的稀落着头发的柳太太一声不响地从八仙桌上软溜下去，被人折腾了半日方才缓醒。那个少爷，戴着红花的新郎，倒是哈哈大笑而使众人目瞪口呆，笑声就很凄惨，很恐怖，慌得旁人拿不出什么言语去劝慰，正要附和着他的笑也笑上一笑，少爷却把一位垂手伺立的接亲人一个耳刮接一个耳刮扇起来。柳家门里门外，顿时一片静寂，等少爷已返回东厢房里，众人还瓷着大气儿不敢出。

柳少爷的发凶理所当然，这位富豪家的孩子，并没有营养过剩的虚胖或贪食零嘴而羸孱不堪，魁伟的身体是鸡公寨最健壮的男人，有钱有力却新妻遭人抢夺，他没有失声痛哭，自然是进屋去抄了长杆猎枪，压上了沙弹和铁条，便又搭了高凳去取屋柱上吊着的竹笼。竹笼里存放着平日炸猎狐子和狼的用品，全是以鸡皮将炸药、铁砂和瓷片包裹成的炸弹。这炸弹放在狐狼出没之地，不知引诱了多少野物丧命，现在他脑子里构想着立即领人抄近道去截击土匪，将炸弹布置在他们需要经过的山路上，然后凭一杆猎枪打响，使土匪在爆炸声中丢下属于自己的新娘。但是，就在少爷双手卸下了竹笼从凳子上要下来的时候，凳子的一条腿却断了，少爷一趔趄，竹笼掉落，随之身子也跌下来，震耳欲聋的爆炸就发生了。

众人闻声冲进屋去，柳少爷躺在血泊里，拉他，拉起来一放手他又躺下去，才发现少爷没了两条腿，那腿一条在门后，一条搁在桌面上。

柳家的噩耗沉重地打击了鸡公寨，五魁的老父得知自己的小儿子没能回来，就蹴在太阳映照的山墙根足足抽完一把烟叶末，叫着两个儿子，说："揭了我炕上那页席吧，把五魁卷回来。"两个兄长没有说一句话，带了席和碾杆往遭劫的地方走了。

十五里外的山峁梁上，嗡嗡着一团苍蝇，走近看了，有一节胖胖的断指，却没有五魁的尸体，两兄长好生疑惑，顺着坡道上踩倒的茅草寻下去，五魁正坐在那里，迷迷瞪瞪茫然四顾。

"五魁，五魁，你没有死？！"兄长喜欢地说。

五魁突然呜呜地哭起来了。

"你没有死，五魁，真的没死！"兄长以为五魁惊吓呆了。

五魁说："新娘被抢走了，是从我手里抢走了的！"

兄长就拉五魁快回家去。说土匪要抢人，你五魁有什么办法？原本是十个五魁也该丢命了，你五魁却没死，回去喝些姜汤，蒙了被子睡一觉。一场噩梦也就过去了。但五魁偏说："我要去找新娘！"

话说得坚决。兄长越发以为他是惊吓呆了，拿耳光打他，要打掉他的迷瞪来。五魁却疯了一般向兄长还击，红着双眼，挥舞拳头，兄长不能近身，遂抽手就跑，狼一样从窝岩跑上峁梁，大声说："新娘是我背的，我把新娘丢了，我要把她找回来！"兄长在坡下气得大骂："五魁，五魁，你这个呆头，那是你女人吗？！"

五魁并没有停下脚。他知道白风寨的方向，没死没活地跑，兄长的话他是听见了，只是喘着气在嘟叨：不是我女人，当然不是我女人，可这是一般的女人吗？嫁给柳家她是有福享的，却怎么能去做了土匪的婆子呢？

况且况且，五魁心里想，女人在和他一起滚下坡坎的时候，是那样地用身子绞着他，是那样地信任他，作为一个穷而丑的五魁，这还不够吗？即使自己不能被她信任，给她保护，却偏偏是她保护了自己，在土匪的刀口下争得自己一条活命，现在活得旺旺的五魁要是心没让狗吃，就不能不管这女人了！

五魁后悔不迭的是，那一阵里自己如果不逞英雄，不在女人面前得意，急急过了桥去又掀了桥板，土匪还能追上吗？而自作聪明地要到窝岩下，又那么自信地在岩下歇息，才导致了土匪追来，岂不是女人让自己交给了土匪吗？

跑过了无数的沟沟峁峁，体力渐渐不支了起来的五魁，为自己单枪匹马地去白风寨多少有些怀疑了。要夺回女人，毕竟艰难，况且十之八九自己的命也就搭上了。他顺着一条河流跑，落日在河面上渲染红团，末了，光芒稀少以至消失，是一块橘橙色的圆。圆是排列于整个河水中的，愈走看着圆块愈小，五魁惊奇他是看到了日落之迹，思想又浸淫于一个境界中去：命搭上也就搭上了，只要再能见上女人一面，让她明白自己的真意，看到如这日落之迹一样的心迹，他就可以舒舒坦坦死在她的面前了。

五魁赶到了白风寨，已是这一日夜里的子时。白风寨并不是以一座山包而筑，围有青石长条的寨墙和高高的古堡，朦胧的月色下依然是极普通的村镇了。一座形如鸡冠状的巨大的峰峦面南横出，五魁看不到那鸡冠齿峰的最高处，只感到天到此便是终止。山根顺坡下来，黑黝黝的散乱着巨石和如千手佛一般的枝条排列十分对称的柿树，那石与树之间，矮屋幢幢，全亮有灯火，而沿着绕山曲流的河畔，密集了一片乱中有序的房院，于房院最集中的巷道过去，跨过了一条石拱旱桥，那一个土场的东边有了三间高基砖砌的戏楼，正演动着一曲戏文，锣鼓杂嘈，人头攒涌。五魁疑心这不是自己要来的地方，却清清楚楚看到了戏楼上十二盏壮捻油灯辉映下的戏楼上额的三个白粉大字：白风寨。于往日的想象里，白风寨是个匪窝，人皆蓬首垢面，目透凶光，眼前却老少男女皆只是浸淫于狂欢之中，大呼小叫地冲着戏台上喊。戏台上正坐了一位戴着胡须却未画脸的人，半日半日念一句："清早起来烧炷香。"然后在身旁桌上燃一炷香插了，又枯坐半日，念："坐在门前观天象。"台下就嚷："下去下去！我们要看《换花》!"五魁知道这是正戏还未开前的"戏引"，却纳闷白风寨好生奇怪，夜到这么深了，还没到开演时间。台上那人就狼狈下去，又上来一人说道："今日白风寨有喜开了台子，演过了《穆桂英招亲》，寨主也都走了，原本是收场了。大家不走，要看《换花》，总得换妆呀！好了，好了，不要吵了，马上开始!"果真戏幕拉合了，又拉开来，粉墨就登场了。五魁心不在戏上，只打听寨主的营盘扎在哪儿，被问者或不耐烦，或虎虎地盯着他看，五魁担怕被认出不是白风寨的人，急钻入人群，企望能在旁人闲谈中得知唐景的匪窝，也就有一下没一下假装看戏。戏是极风趣的，演的是一位贪图占小便宜的小媳妇如何在买一个货郎的棉花时偷拿了棉花，货郎说她偷花，她说没偷，后来搜身，从小媳妇的裤裆里抓出了棉花，那棉花竟被红的东西弄湿了，一握直滴红水儿。在一阵浪笑声中，五魁终于打问清了唐景的住处，钻出人窝就高高低低向山根高地上走去。

在满坡遍野的灯火中果然一处灯火最亮，走近去一院宅房，高大的砖木门楼挂了偌大的灯笼，又于门楼房的木桩上燃着熊熊的两盏灯盏，一定是盛了野猪油，灯芯粗大如绳，火光之上腾冲起两股黑烟，门口正有人出出进进。五魁想，大门是不好进去吧，却见有人影走过来，忙藏身一个地坎下，坎沿上有人就说话了：“寨主得到的女人好俊哟！”一个说：“我知道你走神了，死眼儿地看，可你却不看看你自己，你是寨主吗，你是卖烧饼的！”先头的便说：“其实那女人像你哩！”问：“你说哪儿像？”说：“你近来，我给你说！”两人靠近了，一个很响的口吻声，一个就骂道：

“别让人瞧见了！”五魁知道这是一对少男少女，正是去看了抢来的女人，便想：白风寨真是土匪管的地方，唐景抢了女人，就有人唱大戏，还有人跑去相看，看了寨主的女人就贼胆包天，暗地里要来野合吗？却听那少女又说：“你离远点，看着人，我要尿呀！”少男不远离，女的就训斥，后来蹲下去撒尿，尿水恰好浇在五魁的头上。五魁又气又恨，却不敢声张，遂又自慰：不是说被狗尿浇着吉利吗？待那少男少女走远了，不免又于黑暗里目送了他们，倒生出欣羡之心，唉唉，这嫩骨头小儿倒会受活。咱活的什么人呢？五魁这般思想，越发珍贵起了柳家的新娘待自己的好心诚意，也庆幸自己是应该来这一趟的。可是，门楼里外还是站了许多人，五魁就顺着宅院围墙往后走，企图有什么残缺处可以翻进去。围墙很高，亦完整，却有一间厕所在围墙右角，沿着塄坎修的，是两根砖柱，上边凌空架了木板，那便是蹲位了。五魁一阵惊喜，念叨着这间厕所实在是为他所修，就脱了外衫顶在头部，一跃身双手抓住了上边的木板，收肌提身爬了上去，木板空隙狭窄，卡住了臀但还是跳上来。五魁丢了外衫，双手在土墙上蹭了污秽，见正是后院的一角，院中的灯光隐隐约约照过来。

贼一样地转过了后院的墙根拐角，五魁终于闪身到了中院的一个大厅中，于一棵树后看见了那里五间厅堂，中间三间有柱无墙，一张八仙土漆方桌围坐了一堆人吃酒，厅之两头各有界墙分隔成套间，西头的门窗黑着，东头的一扇揭窗用竹棍撑了，亮出里边炕上的一个人来。五魁差不多要叫起来了，炕上歪着的正是新娘！五魁鼓了劲便往厅门走，走得很猛，脚步咯咯地响，厅里就有人问："谁个？"五魁端直进门，问道："哪位是唐寨主？"众人就停了吃酒，一齐拿眼盯他，一个说："是给寨主贺喜吗？夜深了，寨主和夫人也要休息了，拿了什么礼物就交给前厅，那里有人收礼记单，赏吃一碗酒的！"五魁说："我不是来送礼的，我有话要给寨主说！"在座的偏有两个是亲自抢夺了女人的，五魁没有看清他们，他们却识得五魁，忽地扑过来各抓了他的胳膊按在地上了，回头说："寨主，这小子就是那个驮夫，竟寻到咱们白风寨来了！"中间坐着的那个白脸长身男子闻声站起，五魁知道这便是唐景了，四目对视半晌，唐景挥手让放了他，冷冷说道："你一个人来的？"

五魁说："就我一个。"

"好驮夫！"唐景说，"我就是唐景，唐景要谢谢你，来，给客人倒一碗酒来！”

五魁不喝酒。

唐景就哈哈笑了：“不喝你就白不喝了！你是个汉子倒是汉子，可一人之勇却有些那个吧，要夺了女人回去，你应该领了百儿八十人才行啊！”

五魁说：“我不是来夺女人的，我只是来给寨主说个话。”

唐景说：“白风寨上唐景没有秘密的，你说吧！”

五魁说：“寨主要不让我说，就着人拔了我的舌头，要让我说，我只给寨主一个人说。”

唐景又笑了：“真是条好汉子！好吧，你们都回去歇着吧。”

众人散了开去，一个人已经走到厅院了，又进来将身上的一把腰刀摘下给了唐景。唐景说：“用不着的。”倒将厅门哐啷关闭了。

五魁还站在那里不动，心里却吃惊。面前的就是唐景吗？外边的世间纷纷扬扬地传说着有三头六臂的土匪头子，竟是这么一个朗目白面的英俊少年吗，且这般随和和客气！僵硬了半日的五魁一时却不知所措，突然腿软了，跪在地上说："寨主，五魁是一个下贱驮夫，莽撞到白风寨来，得罪寨主了！"

唐景说："来的都是客嘛！权当你是我派的驮夫，有话喝了这碗酒你说吧。"

五魁便把酒接过喝了，一边喝一边拿眼看唐景的脸，看不出有什么奸诈和阴谋，心里倒犹豫该不该对他撒谎呢？这么一想，却立即否定了：唐景不像个凶煞，可土匪毕竟是土匪，柳家的新娘不是现在抢来要做压寨的夫人吗？我是来救女人的啊！就放下酒碗说："寨主，我只是驮夫，原本用不着为柳家的这个新娘来的。这女人若是被别的人抢了去，我也不会这么来的，一个女人嫁给谁都一样，反正不是我的女人。可寨主是什么人物？我五魁虽不是白风寨的人，寨主的英名却听得多了！为了寨主，五魁才有一句话来说的，寨主哪里寻不到一个好女人，怎么就会要这个女人呢？她虽然眉眼美一点，却是个白虎星。"

五魁的话十分啰唆，他始终在申明自己来的目的，唐景就一直看着他微笑，可说出最重要的一点了，却戛然而止，唐景就霍地站起来，问道："白虎星？"

五魁说："是白虎星。"

白虎星是指女人的下身没毛，而本地的风俗里，认定着白虎星的女人便是最大的邪恶，若嫁了丈夫，必克丈夫，不是家破业败，就是人病横死，即使这号女人貌美天仙，家财万贯，男人一经得知断是不肯讨要的。

五魁看着唐景脸面灰黑起来，却说："寨主如果是青龙这便好了！"

青龙者，为男人的胸毛茂密，一直下延到下身器官，再一溜上长到后背。若女为白虎，男为青龙，这便是天成佳偶，不但不能相克反倒相济相助，是世上最美满的婚嫁。

但唐景不是青龙，白脸唐景连胡子都不长。唐景直愣愣拿眼看着五魁，看得五魁几乎要防线崩溃，突然说："她是白虎，你怎么知道？"

这是五魁在准备说谎的时候就考虑到了，他说，这女人是苟子坪姚家的女儿，而他五魁的表姐正好也在那个村的，鸡公寨柳家少爷定了这门亲，一次他去表姐家提说起此事，表姐悄悄告知他的。五魁这么说着，尽量平静着心，说了上句，就严密谨慎下句，不要出现差错。"表姐说，"五魁就又说了，"一次是表姐同这女人上山捡菌子，捡得热了，两人偷偷在林中的一个山泉里洗澡发现的。表姐发现了，心里就犯嘀咕，怪不得姚家族里的那个小伙上山砍柴就滚坡死了，以前却在说这女人与那个本门哥相好得怎样怎样，原来她是白虎星短他的寿呀！这事表姐当然不敢对人言说，只是柳家一向欺负他五魁家，他五魁无可奈何，知道了柳家定了这门亲，表姐才喜欢地说恶人有恶报，瞧他柳家的霉事吧！”

“这也真是。”五魁说，“鸡公寨年年要娶多少女人，而每一个新人都是我当的驮夫，可从来没有遭人抢过，偏偏柳家就出了事，这不是白虎星女人一结婚起就克柳家了吗？”

唐景说：“我要是不信你这话呢？”

这话却使五魁全然没有预料，五魁不知道怎么回答了。他低下头去，心里慌乱了：唐景怎么个不信呢？是他要验证吗？今日夜里，那女人就成了他的女人，是白虎星不是白虎星一目就知的。可是，可是五魁又想，风俗里讲，若是白虎星，男人即使不与行房事，但亲眼见了那东西，也就有了克的作用，唐景是不会做这种险事的。那么，先让手下人检查吧，可一个寨主何等人物，自己的女人能先让手下人检查吗？唐景能一枪打了秋千上断了裤带的夫人，他绝不肯将这女人的隐私暴露给部下的。五魁心里有些安妥，却仍是一头汗，说谎原本心中发虚，唐景若再诈问一次，他就一定会露出破绽了。或许，他这阵已看出我的谎言，一个变脸就要杀了我了！杀就杀吧，既然已经说了谎被他识破。五魁来时也就不想活了回去了！五魁的汗水有颗滴在了地上。他现在遗憾的是还没有见上女人一面。

“信不信由你。”他无可奈何地说。

唐景却反身进了西边套间，很快又出来，端了一盅酒，说道：“你是这女人的接亲驮夫？”

五魁茫然，不作回答。

唐景说：“一个驮夫，新娘被人抢了，主人家是不会怪了你的吧？驮的新娘被抢，新娘做谁的新娘你也用不着太计较的吧？为一个富豪人家的新娘而来白风寨要人，你不会这么大劲头吧？可你却来了！或许你是来救这女人的，或许你真为了我好，但怎么让我相信呢？这里有一盅酒，说白了，酒里有药，你要是来救女人，念你一个驮夫有这般勇气，我放你囫囵回去，绝不伤你一根头发，唐景说话算话。你要是真心为了我，你就喝了这酒，这酒能毒聋你双耳，耳聋了我却有大事交给你干，你肯喝吗？”

酒盅放在了桌上，五魁的脸唰地变了，琢磨唐景的话，明白面前的这个白脸少年之所以能成枭雄果真有不同于一般的手段！承认是来救女人的就放走，承认说了真话却让喝毒，但不论怎样就是不说还要不要这女人，五魁是犯难了。想承认了来救女人，唐景真的会生放了他？就是生放，你五魁是来干什么，就这么空手回去吗！证明一切为了唐景，却要喝下聋耳毒酒，土匪就这样恩将仇报吗？好吧，五魁是来救女人的，女人救不走，五魁也是不回去的，聋就聋了耳朵，先待在这里再寻机救那女人吧！五魁端了酒盅一仰头就喝了，立即倒在地上准备毒在腹内作凶。

但五魁没有难受，耳朵依然很聪。

唐景说："五魁是真心待我了！我现在告诉你，这酒里并没有毒，而抢这女人我事先也全不知道，压寨夫人才死了，我也没个心思这么快再娶一个，手下的兄弟一派好意，人既然到了白风寨，不应允也怕冷了兄弟们的心，可要立即圆房却是不肯，只准备养了她在这里，待亡人周年之后才能成亲。现在既然如此，我会让这女人回去的，唐景也不落个抢人家女人的名声，但却希望你能来白风寨吃粮，不知肯不肯？"

五魁一下子则浑身稀软，手脚发起抖来，他给唐景磕头，磕了一个又一个，说：“五魁当不了粮子的，我只会种地。”

唐景说：“那也可以来寨子里安家嘛！”

五魁说：“我还有一个老爹，他离不开热土，寨主还是让我回去吧。”

唐景说：“你这个硬憨头！那好吧，你老爹过世了，你想来白风寨住，你就来找我吧！”

依唐景的意思，五魁可以在白风寨歇一夜，天明领女人回去，五魁却要求连夜走，直待五魁进东套间背驮起了又惊又喜的女人出门了，唐景又倒了酒，一盅给女人喝下，一盅自己喝了，说：“毕竟咱们还有这份缘！”伸手忍不住在女人的脸上捏了一把。

五魁驮背了女人千辛万苦地回到柳家，柳家却怀疑了，怀疑的不是五魁，是女人。无论五魁如何地解说他是怎样混进了白风寨乘唐景醉酒之后偷背了女人退出，柳掌柜只是赏了他三升黑豆，一筐萝卜，以及吃饱了一顿有酒的小米干饭外，并没有将女人安置到装修一新的洞房，也不让与少爷相见，而是歇在厢房，门窗就反锁了。夜里，柳太太于厢房放了一个蒲团，蒲团上铺了油布，油布上捏了一撮灯草灰，令女人脱得光光的分腿下蹲于蒲团之上。女人不明白这是要干什么，蹲上去纹丝不动。婆婆就拿一蓬鸡毛要求她捅鼻孔，遂一个巨声的喷嚏，女人的鼻涕、唾沫都喷溅了，那灯草灰仍未飞动。婆婆说："你穿好衣服吧。"穿好了，婆婆端过一个木盆，揭盖放出一个龟来，女人吓了一跳，旋即蹦到凳子上。婆婆说："没规矩！"女人又下来。婆婆再说："你踩到龟背上去！"惊惊恐恐踩上去，老是立不稳，好的是龟沉寂如一冷石，单是瞄准了猛踩上去，龟背一角响动，裂了一道小纹，也摔得女人在地上了。柳太太慢慢地笑了，说："五魁说的是实话，我儿的地里是不插别人的犁啊！"到了此时，女人方清楚做婆婆的在验证自己的童身，不觉满脸羞红，一腔恼怒了。死死活活逃出了土匪的手回到柳家，柳家原来要的并不是她和她的心，而是她的贞操！看来柳家在得知了她遭劫时就已失望了心，她的返回只是意料之外的收获。那么，土匪唐景真的糟蹋了她，在验证时因处女膜破裂打喷嚏而使下身冲飞了灯草灰，龟背未裂，婆婆又会怎样待她的呢？两行悲酸热泪就流了下来。

"回来了就不要哭哭啼啼，"婆婆说，"从今往后不要对人提说你是到过白风寨的，只道是五魁背了躲在一个山岩下的！记住了吗？记住！”

婆婆出去了，不一会儿有人送来姜汤催她服下，再有人进来拿了香火在她头顶、周身绕了三绕，再是有人抬了环盆，添了菊花汤水要她沐浴，就听见外边鞭炮大作，遂拥来七八人牵了红绸彩带的毛驴抱她上坐。坐上去她的面与驴头相左，正欲掉过身来，牵驴人说：“要倒骑才能消灾灭罪！”拥着就走出厢房，和驴一起在院中转了三六一十八个圆圈，每一圈于东西南北的方向立栽的木桩上点燃一支香火，待到弄得她头晕目眩停下来的时候，她已是坐在洞房的炕上了。

炕上并不是新娘初入洞房时独坐着一张四六草席，而红毡绿被铺得软乎，被窝里正睡着她的夫君柳少爷。

五魁是蒙头睡了三天三夜，昏昏如死，第三日的黄昏起来，回想往事，惊恐已去，正得得意意做了一场传奇人物、英雄壮士，却得知柳家少爷已经断了双腿，今生今世残废得只能在炕上躺着了。

五魁捶胸顿足地后悔起来了，自己冒死抢回的女人，就是为着让她来陪伴一个不是人形的人吗？如果自己不去抢救，不在白风寨编造那一番一生唯有的一次弥天大谎，女人就是白风寨的压寨夫人了，嫁了土匪声名虽是不好，可土匪唐景却年轻英武，是个真真正正的男人啊！唉唉，到底是做了一场好事呢还是做了一次罪孽，五魁眼泪就淌下来。

这是为什么呢？一个菩萨般的女人，人见人爱，原本是有最好的郎君，是有最大的福享，命运却如此不乖，在真正要成为女人的第一天里就遭匪抢，到了婆家，丈夫又残，这是会使多少男人愤愤不平的事啊！五魁为自己痛恨，更为着女人而惋惜，也想到那个白风寨的唐景得知了这个消息后又不知怎样的一声浩叹呢？

当女人进入洞房，看见了等待自己的就是没了双腿的一块肉疙瘩，做女儿时多年来的蓬蓬勃勃情焰被一瓢冷水浇灭，一派鸳鸳鸯鸯的憧憬一时化为乌有，女人会想到些什么呢？能不能怀疑起自己一个贫贱的与柳家无亲无故的驮夫怎么能冒死去匪窝救她出来的动机呢？女人一定要认定柳家少爷的残废在前，娶她在后，被土匪抢去，他五魁必是拿了柳家重金赎她而回又得了柳家一笔可观的酬金的。啊啊，五魁的一切英雄行为原却是一场阴谋的大骗局了，五魁在女人的眼里是个恶魔，是个小人。是个一生一世永远要诅咒的人了！

五魁想很快能到柳家去，他要把一切实情告知女人。

但五魁没有理由去柳家，除了红白喜丧事，一个穷鬼是不能随便就踏进柳家院门的。五魁便见天清早拾粪，三次经过柳家门前的大场。或是远远地站在大场前的河对面堤畔，看着柳家门前的动静，终一日，太阳还没有出来，村口、河岸一层薄雾闪动着蓝光，五魁瞧见女人提着篮子到河边洗衣服了。女人还是那么俊俏，脸却苍白了许多，挽了袖子将白藕般的胳膊伸进水里来回搓摆，那本来是盘着的发髻就松散了，蓬得像黑色的莲花。后来一撮掉下来，遂全然扑散脸前，发梢也浸在河面了。女人几次把乱发撩向脑后，常常手搭在脑后了，却静止着看起水面发呆。五魁想，那脑袋稍稍再抬高一些，就能看见蹲在河之对岸看着她的他了，但女人始终是那么个姿势。五魁看看四周，远处的沟峁上有牛的哞哞声，河下游的水磨坊里水轮在转着，一只风筝悠悠在田畔的上空荡，放风筝的是三个年幼的村童，五魁就生了胆儿，提了粪筐轻脚挪近河边，出山的日头正照了他的身影印过河面，人脸印在女人的手下了。

女人发了一阵呆，低头看见水里有了一个熟悉的人脸，以为还浸在长长的回忆之中而产生了幻影，脸分明红了一下，忙用手打乱了水面，加紧了搓洗衣服。可是，就在她又发呆之时，那人脸又映在水里，她这下是吃惊了，猛地抬起头来。五魁瞧见的是一脸的瀑布似的乌发，女人湿淋淋的手拨开乌发，嘴半张了，却没有叫出声来。

“柳少奶奶，”五魁说话了，“大清早洗呀？”

女人说：“啊。”

五魁却再没了词。

女人说：“是五魁呀，多时不见你了，你不住在寨子里吗，怎不见你来坐坐？”

五魁说：“我就在寨里的三道巷住的，我怕柳家的那狗。”

女人笑了一下，但再不如接嫁路上的美妙了。五魁看见她的眼睛红红的，似乎是肿着，他明白她哭的原因，心便沉下来了。

“五魁，你过得还好？”女人倒问他。

“我，我……”五魁想起自己的罪过，“柳少奶奶，事情我都知道了……这事我真不知道是那样的……你还好吗？”

女人的眼睫一低，两颗泪水就掉了下去，同时也轻轻笑了一下，说：“还好，他伤口已经不痛了。”

五魁这才注意到女人洗的并不是衣服，而是一堆沾满了血滴和药汤斑迹的布带子。有一条在说话间从石头上溜下去。要顺水冲去了。女人伸手去抓，没有抓住。

五魁就要从河面的列石上跳过来帮她去打捞，列石被水冲得七扭八弯，过了一次，没能跳过，女人说：“过不来的，过不来的！”

女人越说过不来，五魁的秉性就犯了，他偏要证明能过来，后退几步猛地加力一个跃子跳过来。但他还是没能捞住那冲走的布带子，遗憾地在跺脚。

“算了，冲了就冲了，”女人说，“你住在三道巷，我几时去谢你。你和你哥哥分家了吗？”

五魁：“我一个人过的。我那地方脏得没你好坐的。”

女人说：“那你就常来我家喝杯茶呀！你对柳家是有恩的人……以后听到狗咬，会出来接你的。”

女人说完，拾掇了布条在篮子。扭身回去了。上大场的那斜坎，回头看五魁还站那里看着她走，半边乌发遮盖的脸上无声地闪一个笑。五魁记得了那个眼笑起来特别细，特别翘。女人似乎知道五魁还在看她，步子就不自然起来，手脚有些僵，却更有了一种味道。

再是五魁依旧过了河去对岸地畔捡粪，列石怎么也跳不过去，弄湿了鞋和裤管儿。

十天之后吧，做光棍的五魁又为寨子里一家人当驮夫接回来了一位新娘，照例是被朱砂水涂抹了花脸，还未洗去，请来坐了上席的柳掌柜对他说："五魁，你是我家的功臣哩，一直要说再酬谢你的，但事忙都搁下了。你要悦意，你来我家喂那些牛吧，吃了喝了，一年给你两担麦子。嘿嘿，权当柳家就把你养活了！"五魁毫无精神准备，一时愣了，心想柳家有八头牛，光垫圈、铡草、出粪就够累的了，虽说管吃管喝，可一年两担麦子，实质是一个长工，算什么"柳家把你养活了"？正欲说声"不去"，立即作想出长年住柳家，不就能日日见着柳家少奶奶了吗，且柳家突然提出要他去，也一定是少奶奶的主意。便趴下给柳掌柜磕一个头，说多谢掌柜了。

去柳家虽是个牛倌的份儿，但毕竟要做了柳家大院中的人，接亲的一帮村人就起了哄，这个过来摸摸五魁剃得青光的脑袋，那个也过来摸摸脑袋，五魁说："摸你娘的奶头吗？男人头，女人脚，只准看，不准摸！"

村人说："瞧五魁爬了高枝，说话气也粗了，摸摸你的头沾沾你的贵气呀！"

五魁说：“我有脚气！”

村人说：“五魁脚气是有，那是当驮夫跑得来，往后还能让柳家的人当驮夫吗，你几时让人给你当驮夫呀？”

五魁说：“我那媳妇，怕还在丈人腿上转筋哩！”

村人说：“你哄人了，现在听说有八个找你的，可惜身骨架大了些，要是脾气不犟又不抵人，那倒真是有干活的好力气！”

说的是柳家的八头牛了，五魁受奚落，气得一口唾沫就喷出来，众人乐得欢天喜地。

翌日中午，五魁果真夹了一卷铺盖来到柳家大院内的牛棚来住了，他穿上油布缝制的长大围裙，牵了八头牛在太阳下用刷子刷牛毛。太阳很暖和，牛得了阳光也得了搔痒舒坦地卧在土窝里嗷叫，五魁也被太阳晒得身子发懒，靠了牛身坐下去，感觉到有小动物在衣服下跑动得酥酥，要脱衣捉虱子，柳少奶奶却看着他嗤嗤地笑。

女人来院中的晾绳上收取清晨照例洗过的布带儿，看见五魁和牛卧在一起，牛尾就一摇一摇赶走了趴在牛眼上的苍蝇，也赶了五魁身上的苍蝇，她觉得好笑就笑了。五魁立即站起来说：“少奶奶好！”

女人说：“中午来的？午饭在这儿吃过的吗？”

五魁说：“吃过的。”

女人说：“吃得饱？”

五魁说：“饱。”

女人说：“下苦人，饭好赖吃饱。”

五魁说：“嗯。”

五魁回过话后，突然眼里酸酸的了，他长这么大，娘在世的时候对他说过这类话，除此就只有这女人了。他可以回说许多受了大感动的言语，可眼前的是柳家的少奶奶；他只得规矩着，“多谢少奶奶了！喂这几头牛活不重的，少奶奶有什么事，你只管吩咐是了。”

女人在阳光下，眼睛似乎睁不开，说：“五魁你生分了，不像是背我那阵的五魁了！”

五魁想起接亲的一幕，咽了口唾沫，给女人苦笑了。

自此以后，五魁每日在大院第一个起床，先烧好了温水给八头牛拌料，便拿拌料棍一边笃笃笃地敲着牛槽沿儿，一边拿眼睛看着院里的一切。这差不多成了习惯。这时候柳家的大小才开始起床，上茅房去的，对镜梳理的，打洗脸水，抱被褥晾晒，开放了鸡窝的门公鸡扑着翅膀追撵一只黄帽疙瘩母鸡的，五魁就注意着少奶奶的行踪。少奶奶最多的是要提了布带儿去河里洗涤，或是抱着被单来晾晒。五魁看见了，有时能说上几句话，有时远远瞧着，只要这一个早上能见到女人，五魁一整天的情绪就很好，要对牛说许多莫名其妙的话，若是早上起来没能看到少奶奶，情绪就很烦躁，恍恍惚惚掉了魂似的。

到了冬天，西风头很硬，河的浅水处全结了冰，五魁就起得早，去河里挑了水，在为牛温水时温出许多，倒在柳家人洗澡的大木盆里，就瞅着少奶奶又要去洗布带子了过去说河水太冷，木盆里有温水哩。少奶奶看了半天他，没有固执，便在盆里洗起来。五魁这阵是返回牛棚去吃烟，吃得蛮香。等到一遍洗完要换水了，五魁准时又提了一桶温水过来，女人说："五魁，这样太费水哩！"

五魁说："没啥，水用河盛着的。"

女人说："你要会歇哩。"

五魁说："我有力气，真有力气呢，那个碌碡我也能立起来的。"

女人说："五魁喂牛也会吹牛！"

五魁就走过去，将一个拴牛的平卧的碌碡双手搂了列一马步，一个嗨字就掀得立栽成功，女人尖声说：“二杆子，可别闪了腰！”五魁偏还显能，再要去掀另一个碌碡，一扎马步，裤子的膝盖处嘣地裂开来，窘得五魁跑到牛棚半日没敢出来。

午饭后，柳家的人睡午觉，五魁穿了背夹，挽了破了膝盖的旧裤在牛棚出粪，正干得一头一脸的热汗，少奶奶趴在牛棚边的木杆上叫五魁，五魁忙不迭地就擦脸，女人说：“你不要命了吗，一日干不完还有二日嘛。我收拾了少爷的一件旧裤子，他也是穿不成了，你就穿吧。可能你穿着长，我改短了一下，不知合适不合适，已放到你的床上了。”女人说完话要走，却又返回来说：“这事我给老掌柜已说过了，你穿吧，别人不会说你偷的。”同时笑了一下，左眼还那么一挤转身又走，却不想一头牛在槽里吃草，一甩头，将草料和汤水甩了她一脸。五魁急扑过去拉牛头，女人擦着脸已走开了，五魁一腔激情无法泄出，抄了一根木棍就打牛，牛因为缰绳系在柱子上，受了打跑不脱就绕着柱子转，五魁还是撵着打，那柱子摇晃起来，尘土飞扬，吓得鸡叫狗也咬了。厅房里柳掌柜午休起来，提了裤带去茅房，看见了训道：“这不是你家牛就不心疼吗？！”五魁说：“掌柜，这牛抵开战了！”棍子一丢，脚下顺势踢到牛棚角里。

五魁试穿了柳少爷的裤子，裤子当然是旧的，但于五魁来说却是再新不过的了，他惊奇的是少奶奶并没有量过他的身材，却改短之后正好合体。五魁先是穿了脱下，再穿了再脱了，不好意思走出牛棚去。当少奶奶见着他问他为啥不穿那裤子呢，他终是鼓了勇气来穿，一出门，双手不知哪里放，腿也发硬走了八字步，女人说：“好，人是衣服马是鞍，五魁体面多了！”五魁就自然了。除了在院内忙活牛棚的事，又忙活院内杂事！他也穿了这裤子牵了牛出大院去碾子上碾米。掌柜无聊，也到碾子边来，在旁的人就羡慕五魁的裤子好，五魁说：“托掌柜的福哩！”掌柜说：“五魁是我们柳家人嘛！年终了，还要给五魁置一身新的哩！”回到大院，掌柜却说：“五魁，这衣服虽是你家少爷穿过的，但只穿了一水，原来是四个银圆买的布料，就从二担麦子中扣除四升，让你拾个便宜，谁让五魁是柳家的人呢！”

这件事，五魁只字不给少奶奶说，凡是看见少奶奶在院中的太阳下做针线或在捶布石捶浆布，五魁就在牛棚脱了旧裤，穿上这件裤子走出来。他当然是牵了一头牛假装要给牛去院子里的土场上刷毛的，这样，他们互相有话可说，又有事干，五魁就不显得那样紧张和拘束。这时候，少奶奶常常取笑了五魁的一些很憨的行为后就自觉不自觉地看着五魁，五魁心里就猜摸，她一定是在为自己改做的裤子合适而得意吧。但是，女人那么看了一会儿，脸色就阴下来，眼里是很忧愁的神气了。五魁便又想：可怜的女人，是看见我穿了裤子便看见了少爷未残废前的样子吗？如今裤子穿在我的身上，跑出走进，而裤子的真正主人则永远没有穿裤子的需要了，她的心在流泪吗？五魁的情绪也就低落下来，他要走回牛棚脱了那裤子，却又不忍心在女人难受时自己走掉，他说："少奶奶，你还好？"

女人说："不好。"

五魁的话原本是一句安慰话，如果女人说一句"还好"，五魁心也就能安妥一分，但女人却说出个"不好"，五魁竟没词再说下去。

女人看着五魁，眼泪婆娑而下。

女人一落泪，五魁毫无任何经验来处理了，慌了手脚，口笨得如一木头，也勾下头去了。脚前是一只细小的蚂蚁在搬动了什么，看清了，是一只死亡了的蚂蚁。这死去的蚂蚁是那只小蚂蚁的丈夫吗？妻子吗？一个弱小的躯体搬运与己同样大的尸体行动得够艰辛了，五魁猜想小蚂蚁的心灵一定更有比躯体大几倍十几倍的创伤吧，眼泪也吧嗒嗒掉下来。女人突然低声说：“掌柜过来了！”双手举起来假装搓脸而擦了泪水，同时大声说：“五魁，这头牛是几个牙口了？”却不待五魁反应过来，已站起身，迎着公公问今日中午吃什么饭，她要去伙房通知厨娘呀，掌柜才没走过来。而五魁在那里独自落泪。

这一夜又一次失眠了的五魁，细细地回想了与少奶奶的初识和每一次相见的情景，女人对自己的关心这是无疑的了。菩萨一样美好的女人，同时有一颗慈母般的心肠，这使五魁已浸淫于一种说不出也说不清的欢悦之中。中午女人当着面说了她的“不好”，当他的面流了眼泪，五魁感受了这女人待他是敞开了心扉，完全是把他当作了亲人或知己了。但是，五魁一个下人，一个柳家的牛倌，能为她做些什么呢？如果能换了腿去，五魁会决不吝啬地把自己的双腿给了少爷，而只要这女人幸福。但这怎么可能呢？

使五魁稍稍心安的是，女人虽没有幸福的小日子好过，可柳家毕竟是鸡公寨最富有的大家，做了少奶奶的女人在这个家里地位也不能说低微，一切下人，甚至村寨里的男女老少没有不恭敬的，她是不会像一般人家的媳妇去田地耕犁翻种，也不会上山割草砍柴，一日三顿吃的虽不是山珍海味却也是白米细面。这是鸡公寨多少女人所企羡不已的福分。正因为怀有这份心思，五魁在原先是同全村寨的人一起妒忌过和仇恨过柳家的富裕的，现在却希望柳家的日月不败。他作为一个长工式的牛倌，也不再学别人的样子消极怠工，当然盼望的是柳家牛马成群，五谷满仓，而这一切均为少奶奶所有，让掌柜，让掌柜婆，甚至包括那个无法再变成完整人形的柳少爷都快些蹬脚闭眼去吧！若到那时，少奶奶再招一个英俊的主人进门，他五魁就永世为她喂牛，甚至死后，也情愿变作一头牛就来到她家供她使唤。

所以，再当少奶奶和柳家的公婆在厅房里吃着有鸡鸭的干饭时，少奶奶总是在饭桌上说鸡没煮烂，公公要把鸡头、鸡爪倒给狗去吃时，她就主张让下人吃去，端出来，当着院中吃着苞谷糊汤的下人高声喊："来，来，我爹让把这些东西叫大伙尝尝！"却全部交给了他五魁，说："你不要嫌弃，总比你碗里的强。"他五魁明白女人的心意，就要当着她的面可口无比地咬嚼剩肉，讨得她喜欢，甚至说："你不要顾着我，只要你吃好，我喝凉水也会长膘的！"

能说出讨女人喜欢的话来，五魁对自己也惊奇了。女人就在一次他说过话伸手点了他的额头，很撒娇地噘了嘴：“你嘴还抹蜜哩！”

这撒娇使五魁去了许多怯，生了无数的胆，言语也渐轻狂起来，他希望这样的撒娇每日赐予他，但往后却再没有发生。

名家点评

与此前注重商州地区当下乡村变化不同的是，“土匪系列”重在描写乡土历史传奇，通过人物命运的曲折变化来展现乡民们的生活之艰以及生存之困，其中《五魁》最为著名。《五魁》情节跌宕，多处安排出人意料。例如新娘被救回婆家后的“验身”、土匪白朗是一个美如妇人又武功高强的头目、新娘与狗交媾等情节的安排显然具有传奇性的追求。这让人不禁联想到冯骥才《三寸金莲》中的“裹小脚”和《神鞭》中的“辫子”，张艺谋《红高粱》中的“颠轿”和《大红灯笼高高挂》中的“挂灯”。传统文化在这些作品中以臆造的方式充分满足了读者及观众对于“奇观异景”的窥视欲望。在 20 世纪 90 年代初现代性讨论渐趋热烈，民族文化研究成为文学创作和文艺研究新方法的背景下，“土匪系列”的推出无疑暗合了这一文化思潮。

文学博士，华东师范大学教授、博士生导师　李遇春

以《五魁》为典型，贾平凹开始挣脱某种现实窠臼，向着人性的深处逼近。也许从这时起，他才真正意识到文学对于人及其人性审美艺术建构的重要性。在当代文学阅读与批评上，人们更为关注紧扣社会现实的创作，更看重对于社会生活当下性的叙写，因而总是对现实生活题材特别是具有极为强烈的当下性的作品情有独钟。而对于与现实生活拉开一定距离的创作，也总是保持一种审慎的态度。所以，对于《五魁》这批作品的研究，还不够充分深入。如果要选中国当代文学这四十多年优秀的中篇小说，在我看来《五魁》或者《美穴地》是应当名列其中的。

西安建筑科技大学教授、博士生导师，文学评论家　韩鲁华

贾平凹创作谈：

“废都”二字最早起源于我对西安的认识。西安是历史名城，是文化古都，但已在很早很早的时代里这里就不再成为国都了。作为西安人，虽所处的城市早已败落，但潜意识里其曾经是十三个王朝之都的自豪得意并未消尽，甚至更强烈。随着时代的前进，别的城市突飞猛进，西安在政治、军事、经济诸方面已无什么优势，这对西安人是一个悲哀。由此滋生一种自卑性的自尊，一种无奈性的放达和一种尴尬性的焦虑。西安的这种古都——故都——废都文化心态是极典型的，我对此产生兴趣。但当我构思时，我并不认为我仅是来写写西安，觉得扩而大之，西安在中国来说是废都，中国在地球上来说是废都，地球在宇宙来说是废都。从某种意义上讲，西安人的心态也恰是中国人的心态，这样，我才在写作中定这个废都为西京城，旨在突破某一城市的限制而大而化之，来写中国人，来写一个世纪末的人。

长篇

废都（节选）

孟云房去了医院并没有见到阮知非，医生告诉说做过了换眼手术，不允许任何人探视的。孟云房得知已经手术过了，手术又特别成功，心下宽展，却不明白阮知非双眼里放了水的，怎么做换眼手术，眼睛是能换的吗？医生说："当然能换，你这只眼什么时候坏的？当时你怎么不来做个手术呢？"孟云房说："我一个眼睛也就够用了，现在大天白日的都有人敢抢劫，世事这么瞎的，多一只眼看着只会多生气！"医生却生气了，说："你这同志怎么这样说话？！"孟云房心里说：这人不懂幽默。就忙赔了笑脸，问给阮知非换的什么眼。医生说："狗眼。"孟云房吃了一惊，叫道：

“狗眼？那以后不是要狗眼看人低了？！”医生哼了一声再不理他走了。孟云房落了个没趣出了医院，看着天色已晚，也没再去歌舞厅就回了家。回到家里，庄之蝶、夏捷、赵京五都在，而且还有个周敏，大家霜打了一般谁也不说话。孟云房说：“吓，我在歌舞厅等得脚都生出根了，你们竟纹丝不动还在这里！我这么大个人了，说句话是放了屁了，是要弄猴子吗？！”夏捷一指头戳在他的额上，说：“嘿，我把你能恨死！”拉他到厨房里去说话。

夏捷告诉孟云房，他们搓牌到三点四十分，才起来要走呀，周敏一脚踏门进来。周敏是从潼关回来的，他并没有救得唐宛儿出来，而自己额头上却贴了块大纱布。大家见他狼狈，就知道在潼关打了架了，问几时到的西京，为何不来个电话让去车站接的？周敏却说他已经回西京两天了。庄之蝶说：“回来两天了？两天了怎么不声不吭的？”周敏说：“我觉得没有必要再给大家说。”倒嚷叫着打牌呀，让他也打一圈的。庄之蝶当下气得乌青了脸，说：“周敏，你就是这个样子回来啦？大家日夜眼里盼你回来盼得要出血，你回来了两天不闪面，见了面就是这副嬉皮笑脸样？你告诉我，唐宛儿呢？”周敏倒被唬住了，说：“我没有救了她。”

庄之蝶说："我知道你救不回她，那她的情况你也不知道吗？！"周敏才说他回到潼关，潼关县城几乎一片对他的唾骂声、嘲笑声，他白天就不敢出现在街头。

委派了几个哥儿们在唐宛儿家周围打探消息，知道唐宛儿被抓回后，丈夫就剥了她的衣服打，打得体无完肤，要她说句从此安心过日子的话来，但唐宛儿总是一声不吭，不说过也不说不过，那丈夫就又用绳索捆了她的手脚去强奸她，一天强奸几次，每次又都性虐待，用烟头烧她的下身，把手电筒往里边塞……这么才说着，庄之蝶眼泪就哗哗下来。周敏却笑道："罢了，甭为她流眼泪了，咱今辈子可能再也见不上她了，也得学会慢慢忘掉她。"于是继续往下讲，说他曾经派一个他认识、那个丈夫也认识的人去见唐宛儿，因为他已经在法院找人说妥，只要唐宛儿寄来离婚申请，管她丈夫同意不同意，都可以帮忙解除婚约的。但派去的人见不上唐宛儿，她是被反锁在后院的一间小房子里。周敏说他实在忍受不了，终于在一个黄昏戴了一顶草帽闯进了那家。那丈夫早防了他去，在家养了四个打手的。他一进门，他们就紧张了，双拳提起，怒目而视。他说："我不是来打架的。"先在桌前坐了，从怀里掏出一瓶酒来，吆喝拿了杯子来喝吧。那丈夫瞧他这样，也就开了几瓶罐头当下酒的菜，六个人喝了起来。周敏先说：“兄弟，事情闹到这一步，咱们谈谈心吧。宛儿跟我去了西京城，我知道她是和你没有解除婚约的，但我爱她，她也爱我，这是没办法的事。你既然从西京偏要寻她回来，寻她回来也便罢了，可你也该留一句话的，害得我为宛儿操心。”那丈夫说：“话这么说了，我是粗人，咱也就月亮地里耍锄刀，明砍！你是潼关城里的有名人物，可我也是墙高的一个男人，你让我戴了这么久的绿帽子，我全忍了，现在能坐在一起，我不骂你，也不打你，我只求你不要再来找她了。你不看在我的分上，也该看在孩子的分上。”周敏说：“你在求我？”那丈夫说：“我在求你。”周敏说：“可我怎么能饶过你呢！你把她用绳索绑回来，打得她死去活来，又那么着去性虐待，她是做你的老婆还是你的一头牛一匹马，爱情是这么强打出来的吗？”那丈夫说：“这你不用管，她是我的老婆，我怎么教训她旁人管不着的。”周敏说：“我就不许你这么对待她！你要过，你好好待她；你要折磨她，你就去离婚。”那丈夫说：“我死也不离婚！”周敏说：“那好吧，你求我，我也求你，你让我见她一面。”周敏是代写了一封离婚申请的，他只要见到唐宛儿，让她在上边签个字按个手印，他就可以把离婚申请送到法院的。

但那丈夫不允许见，双方就争执起来。周敏强行要往后院去找，旁边的打手一棒便把周敏打倒了，叫道：“打！打这个流氓无赖，他是到这里闹事的，打死了咱也不犯法！”四个人扑上来就拳脚交加。周敏一下子跳上桌子，左右两脚踢倒了两个，那丈夫又抱住了他，他抓了那丈夫的手就咬，当下咬得骨头白花花露出来，但他的额上也同时被另一个人用酒瓶砸出个血窟窿。打闹声惊动了四邻八舍，周敏见状，将草帽戴在头上，满面流血地回家去了。回到家他就睡了，羞愧得三天三夜不出门。第四天得知娘在街头开的小杂货店也被那丈夫一伙儿砸了玻璃柜子，他从床上扑起，又要去拼命。是爹和娘抱住了他，求他让他们安生，说为一个女人，满城风雨了，谁个不说是你拐人家老婆，父母出门在外也被人指了脊梁，就是他们砸杂货店，围看的人那么多，也是没人帮咱说话嘛。如果再去闹事，那你就等于把你爹你娘活活杀了呀！天下的女人那么多，你什么人恋不得，偏偏稀罕人家的老婆？你这么大的人了，一般人都是开始供养爹娘了，我们不指望花你一分钱，不挂你一条线，可你也就不要让我们再为你操心啊，孩子！周敏听了爹娘的话，火气渐渐消了，又睡了七八天，就回西京来了。

孟云房听夏捷说过了事情的原委，心情也很是沉重，从卧屋出来，只是到冰箱里往外拿酒，说："唐宛儿没回来，没回来也好；周敏回来了，回来了就好。今日我也想喝喝酒吃吃肉的。夏捷，你去街上野味店里买四斤狗肉来。"夏捷说："吃狗肉喝烧酒，你让大家都上火呀？"孟云房说："让你去你就去嘛，话咋这么多的？！"夏捷就去了，大家还是没有说话。周敏说："你们怎么不说话了？唐宛儿是我的女人，我都不悲伤了，你们还伤什么心？世事如梦，咱就让这一场梦过去罢了，咱还是活咱们的人。"庄之蝶伸手就把酒瓶拿过去用劲启瓶盖，启不开，周敏说让他来，庄之蝶却拿牙咬起来，咬得咯吧吧响，咬开了，自己先给自己倒了一杯喝起来。这么一瓶酒你一杯我一杯咕咕嘟嘟都往口里倒，夏捷买了熟狗肉回来，瓶子里只剩有一指深的酒了。

孟云房就又取了第二瓶来，夏捷却说："云房，你知道不，野味店里人都在说阮知非被人绑了票，两只眼都放了水！？"孟云房就给夏捷使眼色，但孟云房挤的是那只瞎眼，夏捷没在意，还在说："他们还在说医院给他换了狗眼。狗眼能给人换吗？”赵京五、周敏都惊得停了酒杯。孟云房却一直看庄之蝶，庄之蝶一连打了几个嗝儿，却一言不发，端起酒杯喝得更猛了。他说：“之蝶，你还能行吧？”庄之蝶没有言语，还在添他的酒。夏捷说：“让人喝酒又舍不得酒啦？喝醉了咱这儿有的是床哩！”孟云房说：“那就喝吧，喝！阮知非遭人抢劫倒是真的，我也去医院了一趟。他也是活该要遭事的，发了财，又爱显夸，今日赞助这个，明日赞助那个，自然有人要算计了他。来，之蝶，我今日也豁出去醉的，干了这杯！”庄之蝶眼睛红红的，站起来却说：“我要回去了。”说完竟起身就走。大家都愣起来，也没有敢说留他的话，直看着他趔趔趄趄从门里走出去了。孟云房兀自把那杯酒喝下去，一只好眼和一只瞎眼同时流下了两颗眼泪。

庄之蝶那晚回来，一进门就倒在地板上醉了。翌日早晨醒过来，只害着半个头痛。几天里就吃止痛片，吃方便面，不出门户。这期间，孟云房不再见他过来喝酒闲聊，就请了孟烬的师父来给他发气功调理，明明看见防盗铁门开着，再敲木板门就是不开。走到大院门房让韦老婆子用扩大器喊：“庄之蝶，下来接客！庄之蝶，下来接客！”仍是不声不吭。孟云房就到街上公用电话亭里给他拨电话，庄之蝶接了，训道：“你尽喊我干啥，你是催命鬼吗？”孟云房说：“你不能老是待在家里四门不出！我知道你情绪不好，我才请了孟烬的师父来给你发功调理调理。”庄之蝶说：“我要气功治疗？我没病，我什么病也没有！”孟云房在电话亭里沉默着，又说：“那好吧，你不让调理，你好自为之吧。

阮知非那边的事你不必操心，我已经和京五他们去看过了，我们是以你的名义去的，你也就用不着再去了。他情况还好，换了眼一切恢复很快的。可我要提醒你一件事，你这一年是事情缠身，我在家琢磨了，又翻了《奇门遁甲》，才醒悟你那房间里的家具摆设不当，事情全坏在了住家的风水上。西北角那间房，你做卧室是犯了大忌的，人应该睡在东北角那间房子。客厅的沙发不要端对了大门，往东边墙根放，你听清楚了吗？”庄之蝶气得把电话就放下了。孟云房听见听筒里咯噔一声后出现了忙音，苦笑了笑，但还是请孟烬的师父在小吃街上吃了粉蒸牛肉，放人家回宾馆后，就一人往歌舞厅来找柳月，希望柳月能把这一切告诉牛月清。如果她们两个一起去看看庄之蝶，庄之蝶的情绪或许会好些，否则庄之蝶真会病倒，真要毁了他自己的。

庄之蝶送走了柳月，就坚定了自己不再写作的念头。不再写作，才能摆脱了自己的名声啊！他终于以最后的一篇文章来结束自己的写作生涯了，即写了一千零二十八个字的消息，说庄之蝶因严重失眠导致了写作能力的丧失，目前已正式宣布退出文坛。文章写成，便化名投往北京《文坛导报》。不过一个星期，《文坛导报》登载，西京一些小报小刊又以新鲜事儿转载开来。当日的晚上，孟云房就跑来看庄之蝶了，说："之蝶，你知道外边又在给你造谣了吗？他们说你丧失了写作能力，已退出文坛，这不是笑话吗？市长今日中午还把我叫去问是怎么回事，我说不可能的！市长也生了气，说如果是谣言，就要查一查这消息是哪儿来的，西京的报刊怎么能这样扼杀自己的名人？！之蝶，你知道这是谁写的稿件吗？"庄之蝶已经剃了个光头，青光光脑门上放着亮，说："我写的。"孟云房说："你写的，你怎么和自己开这么个玩笑？！你心情再不好也不能这样干呀？你想你除了会写作，你还能干了什么，去街上钉皮鞋？卖油条？"庄之蝶说："我总不会混得糊不住口吧？就是糊不了口，去你家门上讨要，也不能不给吧？"孟云房说："那好，你从来不会听我的，可我告诉你，你现在不是你庄之蝶的庄之蝶，你是西京市的庄之蝶，你有道理你去给市长说！我今日来还有一个任务，这也是市长的指示，就是古都文化节要你撰写几篇重要文章，其中一篇是关于节徽的叙写。我给市长说你近期身体不好，市长让我先写个初稿，初稿他看了，觉得不理想，一定要你这大手笔修改润色的。”就掏出一卷稿件来。庄之蝶看也不看，丢在一边，说：“我丧失写作能力了，写不了也改不了的。”孟云房说：“你哄了别人能哄了我孟云房？你就是安心不出名了，这文章便算署我的名，你也得修改修改！”庄之蝶说：“我可以帮你，也只能帮你这一次，但你不许给市长透一个字真情！”

孟云房走了，庄之蝶就改动起那篇文章来，他就好笑一个古都文化节什么东西不能拿来做节徽，偏偏要选中个大熊猫！庄之蝶最反感的就是大熊猫，它虽然在世上稀有，但那蠢笨、懒惰、幼稚，尤其那甜腻腻可笑的模样，怎么能象征了这个城市和这个城市的文化？庄之蝶掷笔不改了，不改了，却又想，或许大熊猫做节徽是合适的吧，这个废都是活该这么个大熊猫来象征了！他不想写出了个更换象征物的建议，比如鹰呀、马呀、牛呀，甚至狼来，但他更不想把这一篇歌颂大熊猫的文章修改得多么优美，于是，故意划掉了几段文字，增加了许许多多的话，这些话偏颠三倒四，语法混乱。写好了，第二天并未让孟云房来取，而直接去邮局寄给了市长。

刚出了邮局，不想就遇着了阮知非，庄之蝶简直吃了一惊，阮知非没有戴墨镜，两只眼滴溜溜地闪着黑光。他说："你眼睛治好了？"阮知非说："治好了，一出院就说要去看看你的，可市长却委派我去上海购买一套乐器，我是被抽到文化节筹委会的呀！这不，才回来三天的，忙得鬼吹火似的，还没顾得上去你那儿哩！"阮知非就看着庄之蝶，突然一脸狐疑，说："你怎么啦，患了什么病了？你可别再有什么事，像希眠那样让我操心。"庄之蝶说："希眠怎么啦？"阮知非说："你还不知道吧？这事先不要让任何人知道。希眠又弄了些假画，有关部门正追查哩。"庄之蝶说："要紧不要紧？"阮知非说："现在说不来，估计不会出大事吧。之蝶，你得去医院做做检查，你一定是有了病的。"庄之蝶说："没什么病的。"阮知非说："那怎么一下子这么矮了！"庄之蝶并没有缩小，在自己身上看看，笑着说："你从上海回来，别就张狂得看什么都不顺眼了！"阮知非说："这也是的，人家上海……"庄之蝶说："得了得了，说你脚小，别扶了墙走。我每一次去上海，一回到西京，也觉得西京街道窄了，脏了，人都是土里土气的；过三五天，这感觉就没有了。没事吧，到我那儿喝口酒去。”两人到了庄之蝶家喝起酒，庄之蝶问治疗的情况，阮知非说给他换的是狗的眼珠儿，说：“你看不出来吧？”庄之蝶看不出来，却扑哧笑了。阮知非说：“你笑什么？我原以为换了眼珠要难看了，后来才知道眼珠都是一样的。那些漂亮的女人眼睛好看吧，可你把她的眼珠取下来，放在桌上，你说是人眼也行，说是猪眼也行，好看与不好看，凭配着一张什么脸的。”庄之蝶说：“你那脸是一张好脸，配上也好看的，只是你总看我个头矮了，狗眼怕就是这样吧？！”气得阮知非挥拳就打，说：“真的是看你低了，说不定这眼珠倒使我有了常人看不到的功能了！”就突然惊叫起来，说墙上怎么有这么一张大的牛皮！哪儿弄来的，是准备要做一件皮大衣吗？他说：“能不能卖给我们？这次文化节，我有个想法，除了组织所有民间艺术的演出和展览外，准备好好装饰钟楼和鼓楼，文化节期间每日清晨七点钟楼上要撞钟，每日晚上七点鼓楼上要击鼓，这就是古书上讲的天音和地声。并且，东西南北四个城门楼上，也要架设十八面鼓十八口钟。

到时钟鼓楼上一敲响，四个城门楼上应声轰鸣，这是一种什么气氛？！你这张牛皮这么好的，卖给我们去做一面大鼓，就放在最雄伟的北城门楼上，怎么样？”庄之蝶沉吟了半会儿，说：“卖是不卖的，但可以让你们拿去蒙鼓，只要能保证这面鼓除了文化节，也要在以后还能悬挂在北城门楼上，让它永远把声音留在这个城市，也就行了。”阮知非喜出望外，当下就从墙上要揭了牛皮，庄之蝶去帮忙，牛皮哗啦掉下来，竟把庄之蝶裹在了牛皮里，半天不能爬出来。阮知非把牛皮卷了，要走，庄之蝶却有些不忍了，说：“你真的就要拿走了？”阮知非说：“可不是真的？！又舍不得了？”庄之蝶说：“那就给我留一条尾巴吧。”阮知非从厨房取了刀，在木墩上剁下了长长的牛尾，把牛皮扛下去，拦了一辆出租车运走了。

庄之蝶没想到竟让阮知非拿走了牛皮，心里总有些不美。几天里山西削面馆的老板娘再送来削面，吃起来觉得没滋味，说：“这削面怎地没以前有味了？先前等不及你送来，我就馋出口水来的。”老板娘只是笑。庄之蝶说：“是不是我吃五谷想六味了？”老板娘说：“我实话给你说了，你千万可不能对外人讲，讲了就得把饭馆封了；封了饭馆我受罪你也得饿了肚子。你觉得先前削面好吃，你哪里知道调面的汤里放着大烟壳子！”庄之蝶叫起来：“有大烟壳子！怪不得那么香的，你们为了赚钱怎么敢这样？”老板娘说：“我真后悔就对你说了！放大烟壳子是不应该，但那还不是叫人吸大烟儿，它只是让人上那么一点瘾，多来饭馆吃几次饭罢了，伤不了多少身子的。你现在还吃不吃？我就害怕你知道了，这几天没给你浇那汤料的。”庄之蝶说：“那就吃吧。”下午，老板娘真的端来了味道鲜美的削面来。

如果老板娘不说削面汤里有大烟壳子，庄之蝶吃了只觉得可口也就罢了，知道了里边是大烟壳子熬的汤，吃了削面便觉得自己有了吸大烟的功效，便躺在床上，脑子里恍恍惚惚起来。这种感觉越来越厉害，以至弄得他常常陷入现实和幻觉无法分清。这一个晚上，他还坐在沙发上看电视，看着看着便觉得他往电视里走，电视里的人竟也走出来牵他进去，他于是沿着那隧道一样的四方形里深入，就看见隧道的两边有无数的小洞，有一个小洞门上写着“扶乩”二字，便推门进去，果然里边有四个人在沙盘上扶乩。他就讥笑着扶乩有什么可信的，开始咒骂西京城里兴起的保健品，说人都入了迷津了，只想着法儿要保健自己，当然就有那么多的神功呀魔力呀的头罩、兜肚、鞋垫。

现在萝卜也不是萝卜了，是暖胃壮阳的营养保健萝卜了；白菜也不是白菜了，是滋阴补气的营养保健白菜了；菜场的营业员也穿了白大褂，戴上了有红十字的卫生帽！那四个人见他口出狂言，就训斥他不要胡说，说扶乩可是灵验得很的事。他就说我写一个字，让神在沙盘上写出意思来看看！当下写一个“屄”字。不想沙盘上果真出现了一首诗来，直惊得他啊地叫了一声。这一声惊叫，庄之蝶猛地睁开了眼，又分明看见电视里还在播映着一部枪战片，知道自己刚才是在做梦的。但庄之蝶以前做梦醒来从记不清梦境的事，现在竟清清楚楚记得那沙盘上的诗句是：“站是沙弥合掌，坐是莲花瓣开，小子别再作乖，是你出身所在。”于是疑惑不定，这一个夜里被这诗句所困，倒思想起往昔与唐宛儿的来往，便又恍恍惚惚是自己去了双仁府的家里要见牛月清，牛月清不在，老太太却在院门口拉住了他说：“你怎么这么长日子不来看我？你大伯都生气了！我替你说了谎，骗他说你是去写东西了。可你到底忙什么呢？连过来转一次的时间都没有吗？周敏的女人回来了吗？我让把她的衣服和鞋用绳子系了吊在井里，她就会回来的，你是不是这样做了？”他说：“周敏的女人，周敏的女人是谁？”老太太说：“你把她忘了？！我昨天见到她了，她在一个房子里哭哭啼啼的，走也走不动，两条腿这么弯着的。我说你这是怎么啦？她让我看，天神，她下身血糊糊的，上面锁了一把大铁锁子。我说锁子怎么锁在这儿？你不尿吗？她说尿不影响，只是尿水锈了锁子，她打不开的。我说钥匙呢，让我给你开。她说钥匙庄之蝶拿着。你为什么有钥匙不给她开？！”他说：“娘，你说什么疯话呀！”老太太说：“我说什么疯话了？我真的看见唐宛儿了。你问问你大伯，你大伯也在跟前，还是我把他推到一边去，说：你看什么，这是你能看的吗？”庄之蝶就这么又惊醒，出得一身一身冷汗，就不敢再睡去，冲了咖啡喝了，直瞪着眼坐到天明。

天明后庄之蝶去找孟云房，他要把这些现象告诉孟云房，孟云房或许能解释清的。但孟云房没在家，夏捷在家里哭得泪人儿一般。问了，才知是孟云房陪了儿子孟烬一块和孟烬的那个师父去新疆了。夏捷一把鼻涕一把泪地告诉他说，孟烬的师父先是说孟烬的悟性高，将来要成为一个了不起的人物的。孟云房先不大相信，但后来见儿子虽小，他半年里让念《金刚经》，那小子竟能背诵得滚瓜烂熟，就也觉得孟烬或许要成大气候，一门心思也让其参禅诵经，练气功呀，修法眼呀，倒哀叹自己为什么大半生来一事无成，一定是上天让他来服侍开导孟烬的，遂减灭了做学问的念头。孟烬的师父要领了孟烬去新疆云游，原本他是不去的，但市长叫了他去，说修改后的文章看了，修改后的怎么还不如修改前的，真的是庄之蝶丧失了写作的功能？孟云房才知庄之蝶把修改后的文章直接寄了市长的用意，也就附和说庄之蝶真的不行了，市长便指令他单独完成文章好了。

孟云房回家来叫苦不迭，只草草又抄写了这份原稿寄给了市长，索性也同孟烬一块去新疆。为此，夏捷不同意，两人一顿吵闹，孟云房还是走了。夏捷说过了，就给庄之蝶再诉她在家里的委屈，叫嚷她和孟云房过不成了，孟云房是一辈子的任何时候都要有个崇拜对象的，现在崇拜来崇拜去崇拜到他的儿子了，和这样的人怎么能生活到一起呢？庄之蝶听了，默不作声，顺门就走，夏捷就又哭，见得庄之蝶已走出门外了，却拿了一个字条儿给庄之蝶，说是孟云房让她转给他的。字条儿上什么也没有，是一个六位数的阿拉伯数字。庄之蝶说这是留给我的什么真言，要我念着消灾免难吗？夏捷说是电话号码，孟云房只告诉她是一个人向他打问庄之蝶的近况的，是什么人没有说；孟云房只说交给之蝶了，庄之蝶就会明白。庄之蝶拿了字条，却猜想不出是谁的电话，如果是熟人，那根本用不着从孟云房那儿打听他的近况？庄之蝶猛地激灵了一下，把字条揣在口袋里，勾头闷闷地走了。

庄之蝶没有见着孟云房，心中疑惑不解，路过钟楼下的肉食店，便作想去买些猪苦胆，若在家一合眼还要再出现那些异样现象，就舔舔苦胆使自己清醒着不要睡去。这么想着，身子已经站在了肉铺前的买肉队列里。这时候，市长正坐了车去检查古都文化节开幕典礼大会场的改造施工进展情况，车在钟楼下驶过的时候，看见了买肉队列中的庄之蝶，他头顶青光，胡子却长上来，就让司机把车停下来，隔了车窗玻璃去看。庄之蝶站在肉铺前了，卖肉的问：“割多少？”庄之蝶说：“我买苦胆！”卖肉的说：“苦胆？你是疯子？这里卖肉哪有卖苦胆的？！”庄之蝶说：“我就要苦胆，你才是疯子！”卖肉的就把刀在肉案上拍着说：“不买肉的往一边去！下一个！”后边的人就挤上来，把庄之蝶推出队列，说：“这人疯了，这人疯了！”庄之蝶被推出了队列，却在那里站着，脸上是硬硬的笑。市长在车里看着，司机说："下去看看他吗？"市长挥了一下手，车启动开走了，市长说："可惜这个庄之蝶了！"

没有苦胆。这一夜里，庄之蝶吃过了削面，一觉睡下去又是恍恍惚惚起来了。他觉得他在写信，信是写给景雪荫的，而且似乎这是第四次或者第五次写信了。他的信的内容大约是说不管这场官司如何打了一场，而他却越来越爱着她，她既然和丈夫一直不和睦，丈夫现在又断腿残废了，他希望他们各自离开家庭而走在一起，圆满当年的夙愿。他觉得他把信发走了，就在家里等她的回音。突然门敲响了，他以为是送饭的老板娘，门开了，进来的却是景雪荫。他们就站在那里互相看着，谁也没有说话，似乎还有些陌生，有些害羞，但很快他们用眼睛在说着话，他们彼此都明白来见面的原因，又读懂了各自眼睛里的内容，不约而同地，两人就扑在一起了！于是，他们开始了婚礼的准备，就在这个房间里，他看见了她的盘着髻的、梳着独辫的、散披在肩的各式各样的发型，看见了在门帘下露出的一双白色鞋尖的脚，看见了沙发下蜷着缠搭在一起的脚，看见了从桌子下侧面望去的一双高跟鞋的脚。

他催促着她去采买高级家具，置办床上用品，他就在所有的报刊上刊登他们要结婚的启事，然后他们又在豪华的宾馆里举行了结婚典礼，等晚上热烈地闹过了洞房，他却不让所有的来客走散，先自把洞房的门关了，他学着中国古人的样子，也学着西方现代人的样子，邀请着她上床，他给她念《金瓶梅》里的片段，给她看录制的西方色情录像，他把她性欲调动起来，脱光了衣服躺在床上，他开始抚摩她的全身，用手，用羽毛，用口舌，她激动得无法遏制，他却还在揉搓她，撩乱她，一边笑着，一边拈那一点最敏感的东西，他终于在她淫声颤语里看见了有一股泛着泡沫的汁水涌出了那一丛锦绣的毛，他便把指头在那小肚皮上蹭蹭，蹭干净了，捡起了早准备好放在床下的一片破瓦，轻轻盖了，穿衣走去。他在客厅里大声地向尚未走散的客人庄严宣告：我与景雪荫从此时起，正式解除婚约！而且电视上也立即播放了这一声明。客人们都惊呆了，都在说：你不是刚刚才和景雪荫结婚吗？怎么又要离婚？他终于大笑：我完成了我的任务了！

这一个整夜的折腾，天泛明的时候，庄之蝶仍是分不清与景雪荫的结婚和离婚是一种美梦幻觉还是真实的经历，但他的情绪非常地好。早晨里喝下了半瓶烧酒，心里在说：在这个城里，我该办的都办了，是的，该办的都办了！

夜幕降临，庄之蝶提着一个大大的皮箱，独自一个来到了火车站。在排队买下了票后，突然觉得他将要离开这个城市了，这个城市里还有他的一个女人，那女人的身上还有一个小小的他自己，他要离开了，应该向那个自己告别吧。就提了皮箱又折回头往一个公用电话亭走去。火车站就在北城门外，电话亭正好在城门洞左边的一棵古槐树下。天很黑，远处灯光灿烂，风却呜儿呜儿地吹起来。庄之蝶走进去，却发现亭子里已遭人破坏了，电话机的号码盘中满是沙子，转也转不动，听筒吊在那里，像吊着的一只硕大的黑蜘蛛，或者像吊着的一只破鞋子。在市政府今年宣布的为群众所办的几大好事中，这马路上的公共电话亭是列入第一项的，但庄之蝶所见到的电话亭却在短短的时期里十有三四遭人这么破坏了。庄之蝶想骂一声，嘴张开了却没有骂出来，自己也就把听筒狠劲地踢了一脚，听了一声很刺激的音响。

走出来，于昏残的灯光下，看那古槐树上一大片张贴的小广告，广告里有关于防身功法的传授，有专治举而不坚的家传秘方，有 ×× 代 × 派大师的带功报告，竟也有了一张小报，上面刊登了两则“西京奇闻”。庄之蝶那么溜了一眼，不觉竟又凑近看了一遍，那奇闻的一则是：本城 × 街 × 巷 × 妇女，邻居见其家门数日未开，以为出了什么事故，破门而入，果然人在床上，已死成僵。察看全身，无任何伤痕，非他杀，但下身的 × 穴却插有一个玉米芯棒儿，而床角仍有一堆芯棒儿，上皆沾血迹，方知 × 妇女死于手淫。奇闻的另一则是本城 × 医院本月 × 日，为一妇人接生，所生胎儿有首无肢，肚皮透明，五脏六腑清晰可辨。医生恐怖，弃怪胎于垃圾箱，产妇却脱衣包裹而去。庄之蝶不知怎么就一把将小报撕了下来，一边走开，一边心里慌慌地跳。在口袋里摸烟来吸，风地里连划了三根火柴却灭了。风越来越大，就听到了一种很古怪的声音，如鬼叫，如狼嗥。抬起头来，那北门洞上挂着"热烈祝贺古都文化节的到来"的横幅标语，标语上方是一面悬着的牛皮大鼓。庄之蝶立即认出这是那老牛的皮蒙做的鼓。鼓在风里呜呜自鸣。

他转过身来就走，在候车室里，却迎面撞着了周敏。两个人就站住。庄之蝶叫了一声："周敏！你好吗？"周敏只叫出个"庄——"字，并没有叫他老师，说："你好！"庄之蝶说："你也来坐火车吗？你要往哪里去？"周敏说："我要离开这个城了，去南方。你往哪里去？"庄之蝶说：

"咱们又可以一路了嘛！"两个人突然都大笑起来。周敏就帮着扛了皮箱，让庄之蝶在一条长椅上坐了，说是买饮料去，就挤进了大厅的货场去了。等周敏过来，庄之蝶却脸上遮着半张小报睡在长椅上。周敏说："你喝一瓶吧。"庄之蝶没有动。把那半张报纸揭开，庄之蝶双手抱着周敏装有埙罐的小背包，却双目翻白，嘴歪在一边了。

候车室门外，拉着铁轱辘架子车的老头正站在那以千百盆花草组装的一个大熊猫下，在喊："破烂喽——破烂喽——承包破烂——喽！"

周敏就使劲地拍打候车室的窗玻璃，玻璃就被拍破了，他的手扎出了血，血顺着已有了裂纹的玻璃红蚯蚓一般地往下流，他从血里看见收破烂的老头并没有听见他的呐喊和召唤，而一个瘦瘦的女人脸贴在了血的那面，单薄的嘴唇在翕动着。周敏认清她是汪希眠的老婆。

名家点评

20世纪的中国“正在崛起”，形势一片大好，盛世俨然来临。在新中国成立60年的喧嚣与声色中重读《废都》，不能不让我们警觉早在17年以前，贾平凹就已经做出了发人深省的观察。他不愧是西京的子民，理解盛世的繁华——包括最世故的颓废——转眼就可能成空。天命消长，世道沧桑，他笔下的西京就在这样“囫囵囵”的状态下体现它的现代经验。从西京看中国的过去与未来，又是如之何？贾平凹是颓废的，也是警醒的。在这个意义下，《废都》是后社会主义中国具有预言与寓言意义的第一本书。

哈佛大学东亚系教授，文学评论家　王德威

一部《废都》是一张关系之网。人是社会关系的总和，人在社会关系中获得他的本质。马克思的教诲，贾平凹同志是深刻地领会了。《废都》一个隐蔽的成就，是让广义的、日常生活层面的社会结构进入了中国当代小说，这个结构不是狭义的政治性的，但却是一种广义的政治，一种日常生活的政治经济学：中国人的生活世界如何在利益、情感、能量、权力的交换中实现自组织，并且生成着价值，这些价值未必指引着我们的言说，但却指引着我们的行动和生活。

这种结构或许就是生活的本质和常态，它并非应然，但确是实然，而认识实然应是任何思考和批判的出发点。

中国作家协会副主席，文学评论家，作家　李敬泽

贾平凹创作谈：

写《土门》有缘了就有了一片街叫土门，写累了就逛土门，逛了土门再回来写《土门》。我写作的时候有点像林彪，窗户要拉上窗帘，不要风扇，也不要空调。有龙井，有面条，有烟抽，摘掉电话，内锁房门，写自己愿意写的事，这是多么愉快的事！每日除了逛土门，从早上可以写到晚，屋里只有上帝，上帝就是我。统治我的小说世界的一个是耶稣，一个是魔鬼。

土门为什么叫土门，历史的沿革里是当年的城乡结合部呢，还是老城里的四面门外又多了一门？土门有门门扇却闭着，我想推门进去。

长篇

土门（节选）

二十三

……

我讲完了关于成义的故事，我新结识的朋友，那个江南来的小女孩说："天下还有这种事？那仁厚村呢，能领我去看看仁厚村吗？"

我没有言传。

她又说："你是不是对他还很悲伤？其实你更应该看看这本书，人是会再回来的，真的是会再回来的，你听听，书上这么讲的：'有人说死亡是一切的终结，有人相信天堂和地狱的存在，也有人认为今生只是我们很多次生命中的一次，我们将来会再次活下去。’”

二十四

我约好了在体育场里见他，——人和人的交往是怎样的一回事啊，我们注定了这一生里都是匆匆地约会——情景如那一次在一棵树。但那一次我们是在热闹的高速路边，现在夜幕降临，天又阴得铅重，很久很久没有了足球比赛的场地，显得阴森森的空荡。不远处的，高过了看台的招待所大楼，窗口的灯光也亮起来，这明亮的棺材就竖在半空。刚才，管理草皮的老头远远地站着看我，我双手抱着膝盖，给他笑笑，老头定是弄不明白这是为了什么，竟然也回笑了一下，就走开了。老头这会儿或许已经在家属院门口的棋盘上看楚汉相争了，他在说：“似乎是仁厚村的一个姑娘吧，今晚在体育馆里约会哩。”或许老头回到了招待所，又怀疑了我是小偷，用望远镜从那棺材形的窗口往这里看……

我把钱袋按了按，压在了屁股下。

范景全什么时候进的体育场，我没有注意，他是从看台口那边，翻栅栏上的看台，他只说我是在看台上等他，站在看台上了才发现我坐在场地里——他就抓住看台边的护栏，准备往下跳。

“不要跳！”我扭头看见了，大声地喊。

他的身子就蜷成一疙瘩，如球吊在半空，样子极像那一次的成义。但范景全哪里有成义的轻功，即使就是成义没有轻功，成义的身子牛一样壮，范景全受得了摔打吗？

“我上去好了！”我从栅栏门处跑上了看台。

但范景全吊在那里却已不能再上来，他的胳膊细得如麻秆，没有力气将身子收缩，两只手不停地换位。眼看是支持不住了。我弯下腰，抓住了一只胳膊硬把他扯上来。

“你来很久了？”他说。

“才来。”我说，“我得摆脱村里人，好不容易家里没有人了……我不能让他们知道我拿着这么多钱。”范景全还在那里喘气。

“有人肯接吗？”

他没有言语。

“给他们这么多钱也不肯接？”

“他们说这不起作用的。”

我知道他还是没有寻到人。不肯就是不肯，为什么还要说不起作用的话？我一下子把钱袋在水泥台阶上摔起来：“这就是钱，这就是钱，他为了钱要丢命了，钱却这阵不能救他！”

“你冷静些，”范景全说，“律师都不肯为他辩护，我来辩护吧！梅梅，这些钱你带回去，咱不用药房的钱，如果让村里人知道了，不知又会出什么事。我现在还不是律师，我没有律师证，但我下午是找着了法官，我和他交换过意见了。”

“他怎么说？”

“他说我可以办个手续，可以出庭辩护。但他问我：你觉得这样做有必要吗？我说，成义犯罪的目的是为了仁厚村，他的动机不是从琐碎的个人欲望中，而是从所处的历史潮流中来的。还有，据可靠消息说，在追捕成义时，公安局长要捉活的，因为成义有超人的轻功，活捉了可以改造成为公安局服务的人，这就是他有活下去的必要。法官说，他现在成了残废，他还有什么轻功？我说，不残废就可以活着，残废了就应死去？法官他望着我笑，我知道他这是无法回答我了的笑。法官说但他的罪已构成了死罪，一审已经判处了死刑。我说，这就是法吗？法由你们这样认定吗？法官说，是的，我们是代表着法律的！可是，我说，法律却并不就等于你们呀！你来管法，谁来管你？法官最后还是给我笑了，说，好吧，那你到时候来试试吧。”

“来试试？”我说，“这是什么意思？”

“他恐怕在嘲笑我。”

我没有见过那法官，是年龄大的还是年龄小的，是男还是女，我不知道是什么样子，但我觉得法官有着成义的自负和固执。成义是瞧不起范景全的，这法官也是在嘲笑范景全！我看他，不知怎么，第一次感觉到了他的可怜。

“你觉得你能行吗？”我说。

“我想能行的！”

其实，我需要的正是这句话！我双手不自觉地合一在胸前。我对着已经是满天的星月在祈祷，你是能行的，范景全是能行的！这声音我并没有叫出来，但我听到了我心里一片轰鸣，也似乎觉得这看台上坐满了人，他们如为足球比赛呐喊一样在回应着我的祈祷和欢呼！我在那时是抓住了范景全的手，我说：“谢谢，范老师！”

在那一刻，范景全把我搂住了。我们是真正意义上的约会，我没有挣扎，也没有摆脱，我的身子在他的双膊里越搂越软，越搂越小，我听见他在说："梅梅，不要哭，我们得从头开始，一切从头开始活人吧！"

几天里，我焦急地等待着范景全。他在积极地办理着律师手续，在夜以继日地准备着辩护材料，他明显地黑瘦，黑眼睛，黑眉毛，黑瘦如铁，头发却越发白了。5月10日的中午，他说，他毕竟没有出庭辩护的经验，他的朋友虽然不愿意亲自辩护，但表示可以帮他理顺法律条文，他要到神禾塬去一次，两天后就会回来的。

但是，5月11日下午，仅仅是隔了一天，眉子却告诉我，成义要在明日被执行枪决的！

胖子警察为了治眉子的病，偷偷将成义的枪决日通知了她，征询是不是去现场看，解铃还得系铃人，成义害她疯了，成义的死或许能把她的疯病治好。胖子的好意，眉子是心领了，但眉子她却不想去，我探望她的时候她一时脑子清楚又说给了我听。

"这不可能！"我叫道，"不是说要公开审理吗？我们还是在等待着公开审理的通知啊！"

眉子说："他是一审判了死刑，听说成义不服，上诉，原来也是公开二次审理的，但上边领导讲话要从严从快打击刑事犯罪，二审就不再公开了，维持原判，驳回了上诉……”

“这，这……就是不公开审理了，不需要通知我们了，可老刽子手总得让知道吧，但老刽子手中午还见了我什么也没说呢！”

“胖子说的，哪儿会错？”眉子说，“胖子说现在枪决不通知家属的，也不许家属收尸，逢年过节前都要杀掉一批的，杀人像杀个鸡一样，鸡断了脖还跑哩，老邵那笨家伙过年杀了鸡，没了头的鸡张着翅膀还往前跑，撞在墙上才死的，枪一响人连蹬腿儿也不蹬地就这样，就这样……”

眉子说着说着脑子就又糊涂起来，她在床上做被枪决的死尸状，头一窝，屁股撅在那里，红裤衩都露了出来。

“听说公安局要向家属要钱的。要一颗子弹的五角钱的。”我说。

“哪里有这事？以前是吧，现在不是吧。”眉子说，“胖子让我去，我才不去的，嫌害怕哩！胖子说那有什么怕的，罪犯都是押在南阳庙那儿的牢里，提前三日就开始固定在床板上，床板上有手脚套环，就大字形那么睡着，睡三天，到死的那日拉出来五花大绑。往出拉的时候都是软的，脚镣手铐沉得走不动，这时候要给罪犯鼓劲，管理人员就喊，嗨，从南阳庙出去的人都是汉子，死也死得利利索索的，提起劲喽，不就是死吗，二十年又是一个嘛！’胖子说这话真灵，罪犯都提起劲来，哗啦哗啦镣铐响着一个个就直直地走出来，在院子里砸镣取铐，五花大绑然后一个个当面宣读执行令，问你叫什么名字，住在哪里，邮政编码是多少，犯的什么罪，判的死刑，竟是对答如流。再后是问你有什么话说，差不多说‘没’，就在执行令上按手印，就拉出去杀了。你问我，我不说‘没’，我是要说话的，政府，牢房里犯人见任何管理人员都叫政府的，你问——

眉子说着，又跪在那里，双目直愣愣地盯着我。

“你有什么话说？”

眉子却在床上磕头，说：“仁厚村，永别了，我的家！”

不知怎么，我一下子心中疼痛，抱住了眉子。眉子却还在说：“你打的时候，往后脑勺中间打，轻轻地打，我受不得疼的。”

我一下子呜呜哭起来。

我告别了眉子，回到仁厚村，悄悄地把成义要执行枪决的话说给了村人，村人却说已经从老村长的口里得知了，并且老村长宣布他能寻熟人明日可以去现场，问谁愿意去的。我原本是不想去见老村长的，但老村长能去现场，我只得去找他，也准备了他奚落我的话。但老村长十分热情地款待了我，他正在家吃夜宵，一定要我吃一碗，而且只字不提以前的事，甚至对成义的死深表悲哀，将一碗饭放在院中，“给成义献上吧”。

“成义还没有死哩！”我有些生气，以为他在咒成义早日死的。

“判他死刑的那日起我就给他献饭了，”老村长说，“人一被宣判死刑，那灵魂就游离了，你晚上没有梦到他吗？阿顺娘说已经有三个晚上有人在敲她家的门，她感觉那敲门人就是成义，一次梦里还对她说，我死了不要烧纸钱。”

我不知道老村长的话真实不真实，对他的献饭没再说什么，或许他是出于什么目的，可他毕竟是献饭给成义的。献饭的碗很大，一粗瓷海碗的玉米面搅团。

这次是不公开的执行枪决，现场就设在南阳庙监狱的后院土坡上。应该去给成义送行，这孩子是我眼看着长大的，白发人要送青发人，这实在是想不到的事！可惜他那么能干的，而一个泥瓦头就得换一颗活人头啊！“

我提出明日一早让他领我去现场，我没有说让范景全也去的话，我无法通知范景全，我也没有去通知范景全的必要了。

第二天一早，老村长开门要去叫我时，我已早早站在了他家门口，老村长的老婆要做荷包蛋给我们吃，我没有吃，老村长看看我也没有吃。两人默默步出村口，有一辆车就开过来，是老村长在公安局里的熟人，我们就坐上车往城南方向驶去。不知走了多远，车到了一个土坡前，看得见那边的院墙上结着电网，有许多荷枪实弹的武警站岗。因为是公安局的车子，很快放行，我们就随着那院墙根的路开车到了后边坡上的一个小土坪上，老村长的熟人告诫说："咱们来迟了，不能带你们看到怎样提人。你们就在车上，不要下来，这样的枪决是不允许一般人到现场的。"说完，他下了车独自到坡下的监狱去。

土坪的不远就是更高大的围墙，围墙外边是什么，不知道。土坪的左边是一片猪圈，可能是犯人平日饲猪的地方。猪圈右边的平场子并不大，像仁厚村当年的打麦场，长满了已经抽穗开花的荠荠菜。仁厚村还有麦田的那些年月，整个春天我们都可以吃到荠荠菜做成馅的饺子、包子和菜卷，现在吃不到了，也见不到了，土坪上竟有这么多荠荠菜！围墙根已插上了十二个小白旗。这时候，分别开上来几辆公安局的小车，司机们全站在那儿说什么，笑着，互相递着纸烟吸。又有三辆救护车并排儿停在猪圈边。

“瞧见了吗，那插白旗的就是犯人跪的地方，今日枪决十二个哩。那些救护车都是来解剖尸体的……”

“解剖尸体？”

“世上那么多换肾的病人，换哪儿的肾？就是换死刑犯的。这一切事先都说好的，枪一响，选中的尸体就抬上车，在车上立即剖开取出肾了，而医院那边病人也进了手术室做好了准备，肾一运到就开始换接，还有移皮的，换眼睛的……”

我浑身登时发冷，索索地抖，又不能让老村长发觉，就使劲将身靠近车门，并且大声咳嗽，装作无事。在这个时候，我才后悔到这里来，以前对于死亡，总是与我遥远，而过一会儿，我就要眼睁睁地看着十二个活人在这里死去呀！在这块小小的土坪子上，不知枪决了多少人，这些人的灵魂若在，场子上，猪圈上，车下车上都不知站得还有多少地方！我打开了车门窗的玻璃，外边的阳光十分明媚，在那十二个白旗过去，围墙根的一个土堆上，开放着一丛刺玫儿花，花小而白，一群小蜂在上面忽聚忽散。足球场上，人群呼呼地向场子中心涌，哗地又四散而逃，太阳放光一般。成义的身子弓成球状要跳下去。成义叔！成义叔！抓住了那只细长绵软的女人手。手连着一层皮。钱票飘下来，灯光照着，一树梨花被摇落了。云林爷呢？老村长的熟人从坡道那儿小跑着，一拉开车门坐进来，说："来了来了！"

老村长问："见到成义了吗？"

熟人说："见到了，他的腿还走不成路，得人拖着，十一个人按了手印都没再说什么，他却反复说请把他的尸体卖给医院，将钱交给仁厚村。法官点着头，说按请求照着做，今日医院是来了车子。他笑了笑，还说谢谢。"

我脑子里嗡嗡响着，像是那一群小蜂钻进脑子，这完全又是成义临走时说过的话嘛，他说："我就是死了也要弄回一笔钱的！"他果然弄到了钱！那旁边的救护车就是要解剖他的吗？"枪一响，四肢稀软，浑身微热，就被抬进车去，锋利的刀子连绳索连衣服带肉切开，那人就大卸八块地成为一堆碎肉，医院将按块儿计价……”我低着头，使劲地挤车门，只觉得自己的身子在痛，被刀子切凉粉一样先划了十字，再划成个米字，切蛋糕，鲜亮的蜡烛亮起来……

“你不看？那你来干啥呀？”老村长的熟人似乎在说我。

我抬起头来，在窗外的土坪上正列队走过来一排人。土坪上已经撤了哨，部队列五人一组，罪犯在中间，两个武警在后抓着，两边是两个武警端着枪，一共十二组。任何话也没有，任何响动也没有。在我看着的时候，已走过了车窗三组，成义就在第二组，他果然被武警拖着，个子比别人都低了一倍，剃了头的，头却端端的，像是患了颈椎增生似的不能扭动也不能下俯。也就是看过了这一幕，我从此也觉得自己的脖子患了颈椎增生，一扭动或下视就发晕。在那一刻里，我懊丧在车里低了头，没能最后看看成义的脸，这懊悔使我十分生厌，我自己未尽情谊。但是后来，当我夜夜梦到那枪响后脑浆飞迸的场面，我又庆幸我没有见到成义的脸。如果那时成义偶尔侧了头与我在车窗玻璃里的脸相遇，说不定我和成义都要叫起来，那成义在死前该是多么地痛苦！我只是在抬起头的时候，听老村长悄声说道：“他倒笑笑的。”我再没有问老村长说的是谁，却猜想一定是成义。而我看到的后边的人，有的头垂着，脖子软得撑不起了脑袋；有的面如土色，尤其一个三十岁左右的人，脸脖赤红，耳后和额角的血管如蚯蚓一般暴着，在经过车前，路上的一个小石头绊了一下，他看了一下我们的车，我瞧见他眼睛是红的，眼皮的下沿红得像涂了朱砂。

“笑也是装出来的。”村长的老熟人说。

“那怎么能装得出来？那个，第十个的，脸脖像酱肉。”我说。

“他太恐惧了，血涌流得急速吧。”

十二个人跪在了各自的小白旗前，两个武警负责抓一个罪犯的肩，持枪人就将枪对准了罪犯的后脑。天呀，原来，枪口差不多是挨着后脑的！土坪上的空气紧张极了，风没有吹，蚂蚁也不再爬动，围墙下的那一蓬花呢，正好被跪着的成义挡住，那里结着的蜂也无声无息，突然队列那头的指挥人举起了旗子，这竟又是胖子！但他并没有把旗子挥下，而是走过来调整着第五个持枪人的姿势。那个一脸稚气的小兵，或许是第一次执行这种任务吧。他把枪对着了罪犯的后脑，却害怕得背过脸，端枪的手就一抖一抖，枪口就偏离了脑后的中间部位。胖子扳正了他的脸，用手指着罪犯的后脑，说：“往这儿，这儿……”

“啪！”一声枪响了，第五个罪犯倒了前去，胖子却锐叫了一声，然后就捂着一只手在那里蹦跳。立即，站在坪中的那个人，是总指挥吧，急速过去，拉下了持枪人，招呼两个武警扶了胖子就往坡下跑。总指挥站在了胖子的位置，重新举起了旗子，旗子同时挥下时，十一支枪同时响起，十一个罪犯一起向前倾倒，而头上方各上冲着一咕嘟脑浆，然后各种姿势地窝在那里，腾腾地冒热气。

我一下子肠胃在搅动，哇地吐了出来，污秽喷了一车玻璃。

老村长说：“走吧，我也受不了啦。”

熟人说：“经得多就没事了。吐口唾沫吧，别让鬼沾了咱们的车！”他还是把车往出开，就听见又响了两下枪声。”

“这一定是给最早的那个补枪了。”熟人说。

车已经开下了土坡，从那架有电网的高墙楼旁经过，老村长一边用手纸帮我擦着车窗上的污秽，一边对我说：“其实，这样死人没痛苦的。”

我突然发现就在满是污秽的车窗玻璃的那面，紧紧地趴着一只野蜂。一定是那从白花上的野蜂！但它在枪响的时候是在那儿，又怎样从围墙根飞到我们车上的？“你要是成义的魂灵，你飞起来吧。”我在心里说着，野蜂倏然消失了。成义叔是知道了我来送他的，他是向我告别了，眼泪哗哗地流下来。

二十五

成义的死，悲哀了仁厚村，三日里村里没有喝酒的，没有人打麻将，没有人看电视，他们悄悄地不声张。但是，医院送来了那笔尸体款，我们不知道该怎么派用。有人说都烧掉吧，仁厚村怎么用成义的尸体钱，给他烧掉，全当是送他冥票。有人却反对，成义死前反复强调要给仁厚村，仁厚村若不用，九泉之下成义会伤心的。这话倒对。钱款便投资到药房，我们采购了一批药材，制作成丸散。奇怪的是药房在收存这批药材时，在一筐人参里，发现了一棵参王，个头非常大，形状酷似跪着的人。是成义！我立即想起了在土坪小白旗前行刑的成义。我惊骇这世事的奇妙，成义你这么快就转世了吗，还是神差鬼使地又附物而来？我将这棵参在一只大玻璃瓶里用酒泡了放在药房柜台上，老村长也看到了，他一定也看出了这是成义在人世上最后的形状，嘴张了张，但他没有说出来。

虽然仁厚村对外封锁着成义处决的消息，而隔日一张的市报上却报道了处决一批罪犯的文章里有着成义的名字，并且明明白白写着飞天大盗成义是仁厚村人。仁厚村成了西京城的耻辱。区政府当然派人来整顿仁厚村，又让老村长复出为村长。

老村长真是宽厚之人，在任命他为村长的会上，他面部严肃，言语恳切，竟检讨着自己以往的不是，这使我们心理得以平衡，原谅了他也认同了他。上任之后，他除了重新在办公室张挂了那些锦旗奖状，并没有改变仁厚村已形成的格局，依然发展药房，依然奉云林爷为神明，依然积极在外招聘租住户。但是，仁厚村人最担心的事情发生了，也是老村长最头痛最无奈的事发生了，房地产公司终于又一次经市有关部门报批，决定拆迁仁厚村。公司的人雇用了一批外乡来的民工进村刷标语，标语一律是“坚决执行市政府改造西京的工程规划”“消灭破烂死角，建设新城市”，并在每一所房子的山墙上、院墙上都写着偌大的“拆”字。这些民工我们虽然仇恨着，但仁厚村已没有了反抗的行动，许多人从家里出来在巷道里看动静，无人承头，又返回屋去，后来就跑到药房找我想办法，我不知该怎么办？去给云林爷说。云林爷竟然满口的牙掉了，嘴皱着，与小儿的屁股眼一般，只是笑笑，说这是村长管的事啊。我们去老村长家，老村长却又一次住了医院，那位谢顶的老婆哭丧着脸，说："他也没办法呀！他有什么办法呢？"那日回到药房，抱着那人参酒瓶呜呜地哭。拆迁工作就一步步进行着，那一位满脸油汗又系着大红领带的公司老总也来到了村里，指挥着丈量方位，和每一户人家计算面积和房价，一切似乎办理得十分顺利。老总竟受了感动，在药房里对我说："群众多么好！以前这都是成义一人在作怪。我们也是有血有肉的人，钱是什么，生不带来死不带去，这次我们会给每户比别处多一成的房价钱的！我能帮眉子有了独立的门市部，我将来也会资助咱村里更多的人成为小老板。我说话算数，我会的！"我没有接他的话，双目紧盯着人参酒瓶。成义，你若有灵，瓶子炸了去！瓶子炸了，我就领村人再闹一场！但酒瓶纹丝未动，那参人依旧在跪着。

6月19日，我记着这一天的。庞大的拆除队进了仁厚村，轰轰隆隆的推土机推倒了我们的石牌楼。那一面碑子也被扒出来，车轮就碾过去又碎了八块。成群的民工涌进村扒平房的木椽，挖土墙上的门窗，伐锯树木，热闹得如在清理战场，而仁厚村的人家则把日常用品堆在架子车上、三轮车上，要分散着去各地找过渡房。人们在相互告别，默默地留着各自新的住址，握手，抚肩或抱头，但没有哭。那些租赁户早已搬走了，而居住的病人要坚持到最后，希望能多治疗一天就是一天，现在皆抱着包袱由亲属陪伴着，搀扶着来药房领取大包大包的药。我一直在药房忙着，当阿顺他们散发药包时，我就去祠堂看云林爷。走到巷道，公司的人将拆下来的木椽木檩木门木窗廉价处理给远郊来的农民，他们如捡到宝贝一样高兴，论道着木料的好与坏，将烟和酒就往指挥处理的小头目手里塞。而同时闻讯赶来的市里一家旧家具收购公司却为此而抢夺生意，双方吵吵嚷嚷，最后就动了手。一个农民拉住我说："这位大姐你评评，什么事都有个先来后到，他凭什么来插一脚的？"我说："你怎么不去打呢？"农民说："我就要打呀，不打好人还不打坏人？"他呼呼跑过去，我还在喊："把这木棒拿上！"他果然拿了木棒扑过去了。

名家点评

这是每一片城乡交界处都将面临的残酷现实，城市的发展使这样的土地无可避免地被大规模开发，农民祖祖辈辈赖以生存的土地将被城市征用，他们那充满诗性的茅屋和炊烟、田园牧歌般的亲情与乡情，将在推土机的轰鸣声中化为乌有，作为精神与文化之根的乡村乌托邦，即将被现实的城市文明彻底湮灭。这时，为以土地为生命和生存之本的农民所带来的，就不仅仅意味着生活方式和生存环境的改变，它更意味着现代化没有温情可言，它将以强制的方式迫使抵制它的群体在文化观念上也必须随着它的步伐而迁徙。贾平凹正是以感伤的笔调，书写了变革时代的历史趋势以及乡村文明的幽深绵长、它的浸染力和坚韧性。无可怀疑，现代化必将使固守传统文明的群体付出惨重的情感代价。因此，《土门》便又可称为乡村文明最后的一曲挽歌。

沈阳师范大学特聘教授，文学评论家　孟繁华

《土门》和《高老庄》直面现实中的乡村城市化，从不同角度还原出传统乡村和乡土文明被现代城市生活和文明侵蚀的进程，并表达了反感和批判的态度。

暨南大学教授，文学评论家　贺仲明

贾平凹创作谈：

历史的河流在大拐弯的时候，船是颠簸的，冲击的惯性带给船上人的是刺激、惊叫、碰撞，甚至被摔出船舱。这对于船上的人或许幸与不幸，于写作却绝对是天赐良机……《废都》和《秦腔》正是我对世纪之交中国内地的历史所做的一份生活记录，也是我对故乡我的家族的一段感情上的沉痛记忆……《秦腔》营造的是一个虚构的完整的世界，它不去印证任何社会历史事件，只是这个虚构的完整的世界所散发的情绪、弥漫的气息，它的色彩和味道，与这个时代暗合。在写这本书时，我的心情极其沉重和惊恐不安，但在叙述的过程中，语言的狂欢又使我常常忘乎所以，不顾了一切。我尽可能地写出我所生活的所熟悉的那片土地上人们的生存状态和他们的生存经验，又尽可能地表现民族审美下的华文的作派和气息。

长篇

秦腔（节选）

就从那天起，夏天义又开始去了七里沟，一连数日，竟然谁也不知道。但我说过，夏天义有两条狗，一条是来运，一条就是我，来运已经和夏天义去了七里沟，我就有了感应，当然我去七里沟是别的原因去的，这就是我的命，生来是跟随夏天义的命。

我是极度的无聊，在清风街上闲转，哪里有人聚了堆儿就往哪里去，而人聚了堆都在说是非，我就待那么一会儿又走了，他们骂我屁股缝里有虫，坐不住。我转到了东街，把一只鸡满巷子撵，撵到中星他爹的院门口，中星他爹趴在院墙外捅过水道，他人黑瘦得像一根炭，趴在地上气喘吁吁。他说："引生你干啥呢？"我说："我撵鸡哩！"他说："快来帮我捅捅。"我说天下雨的时候你不捅，天晴了捅的是啥道理？他说他近来病越发重了，自己算了几次卦，卦卦都不好，可能今年有死亡的危险。我说："荣叔，你让我干活我就干活，你别吓我！"他说："你差点见不到你叔了。昨儿夜里，我去大便，真是把吃奶的力气都鼓完了，就是拉不下来，先前是稀屎勾子，现在又结肠，疼得我大哭大叫，用指头抠下来核桃大一疙瘩粪。我吃了一片'果导'，不行，用玻璃针管给肛门里打了五管菜油，又捏了一个'开塞露'，还是拉不下来。勾子撅起头低下，肚子胀疼得只有疼死人啦，疼得骂东骂西，骂娘，只剩下没骂神，又拼命暗数一百个数，才拉下了四五个硬粪块，又拉了两摊稀粪。今早起来，我想我没亏过人么咋就得下这号病，突然醒悟这水道不畅道，而我平常又往这里泼恶水，怕是水道的事，就算了一卦，果然卦象上和我想到的有暗合之处。"他说得怪害怕的，我就趴下去捅水道，捅出一只烂草鞋、一把乱草还有一截铁丝。他把铁丝拉直，放到了窗台上，说："引生你是好娃，你要是自己没伤了自己，叔给你伴个女人哩！"我不爱听他这话。我说："你给你伴一个吧，好有人照顾你！”他不言传了，过一会儿又说：“叔问你一句话，前一向你跟剧团下乡啦？”下乡巡回演出的事我最怕清风街人知道，我说：“你说啥？”他说：“我知道你要保密，可别人不知道，我能不知道？你中星哥……”我说：“我中星哥没回来看你？”他说：“你中星哥现在才叫忙呀，当领导咋就那么个忙呀？！”我说：“忙，忙。”抬脚就走。他把我拉住了，说：“你肯不肯帮我一件事？如果肯，我给你一辈子不愁吃喝的秘方。”我说：“啥秘方，你肯给我？”他说：“我要是身体好，我不会给你，你要是富裕，我也不会给你。你得了秘方，对谁都不要露，尤其不能让赵宏声掌握。”我说：“啥秘方呀，说得天大地大的？！”他把他那个杂记本翻开一页，让我看，上面写着：“此信封内所装之方为治妇女干血痨之仙方。为南刘家村一老妇人掌握极为灵验。她吃了一辈子鸦片烟从不缺钱花，口头福不绝，即得益于此方。临死只传儿女一人。从清末民初到共和国成立，由小范村乳名孙娃之母所掌。妇女面黄肌瘦，月经一点不行者，将药碾成细末，分三份以白绫缝小包三个，包上各留长绳子一条，在烈日下暴晒一天。一次一包，从阴道以指放入子宫内，一晌工夫以绳拉出。第一次，多无反应。第二次放入有黄水样的东西流出。第三次月经行病好。若三次放之无反应者必死。一定要是干血痨病，否则绝不可施此药，血会把人流死的。”他说：“信了吧？”我说：“那秘方呢？”他说：“你得给我办一件事呀！”他要我办的事是去山上寻找雷击过的枣木，雷击过的枣木可以刻制符印。他说：“你找到了，一手交货，一手给你秘方。”

我就是为了寻找雷击的枣木，先去了屹岬岭，又去的七里沟，在七里沟遇见了夏天义。我见着夏天义的时候先见着的是来运，这狗东西身上有一道绳索，两头系着两块西瓜大的石头，我还以为它犯了什么错误，夏天义在惩罚它。可一抬头，百十米远的那条沟畔的毛毛道上，夏天义像一个肉疙瘩走过来。他竟然也是背着一块石头，双手在后拉着，石头大得很，压得他的腰九十度地弯下去似乎石头还是一点一点往下坠，已经完全靠尾巴骨那儿在支撑了。我看不见他的脸，但看得见脸上的汗在往下掉豆子。我大声喊：“天义伯！天义伯！”跑过去要帮他，路面却窄，他几乎占满了路面。他说：“快让开！”我靠住了毛毛道靠里的崖壁，尽量地吸着肚子，让他经过。他企图也靠着崖壁歇歇，但崖壁上没有可以担得住的塄坎，就碎步往前小跑起来，他小跑的样子好笑又让我紧张，因为稍不留神，石头带人就会掉到沟底去。我又急了，喊："天义伯！天义伯！"他不吭声，一对瘦腿换得更勤。我又喊："天义伯！天义伯！"他瓮着声骂了一句："你喊叫个 × 哩！"他是在憋着一口气，任何说话都会泄了他的劲，我就不敢再喊叫，看着他终于小跑到一处可以靠歇的塄坎边，石头担了上边，人直起身子了，他才说："你狗日的还不快来帮我！"我跑近去帮着把石头放在了塄坎上，他一下子坐在了毛毛道，呼哧呼哧喘气，而两条腿哗哗地颤抖，按都按不住。我说："你背啥石头呀？！"他说："到沟坝上来，总得捎一块石头呀。你咋也来啦？"我说："我不来，你能把石头背上来？"他说："那好，现在你就背！"

我把石头背上了那截沟坝上，就把寻找雷击枣木的事忘到脑后去了。人和人交往真是有说不清的地方，中星他爹要给我一辈子不再愁吃愁喝的秘方，我偏偏不爱和他待在一起，而夏天义总是损我骂我，我却越觉得他亲近。夏天义说："明日把哑巴也叫上，咱就慢慢搬石头砌坝。"我说："家里都愿意啦？"他虎着眼说："我都由不得我啦？！"他噎着我，我嘟嘟囔囔地说："你一辈子修河堤呢，修河滩地呢，修水库水渠呢，咋就没修烦吗？！”他说：“你嘟囔个啥的，你吃了几十年的饭了咋每顿还吃哩？！”他把我说得扑哧笑了，我说：“好，好，那我每天就偷着来。”他又骂了一句：“把他娘的，咱这是做贼啦！”

我们这定的是秘密协约，夏天义仍然哄着二婶，只是说他到新生那儿搓麻将去了。连续了三天，二婶一早起来做饭吃了，就说：“今日还去搓麻将呀？”夏天义说：“能赢钱，咋不去？”二婶说：“你咋老回来说你赢了？”夏天义说：“那没办法，技术高么！”二婶说：“今日拿一瓶酒去。酒越喝越近，麻将越搓越远，你再是赢，谁还和你搓呀？”

吃过饭，夏天义领着来运走了，二婶又是把每个母鸡的屁股摸了摸，凡是要下蛋的鸡都用筐子反扣了起来，就闩上了院门，拄拐杖到俊奇娘那儿去说话。差不多是前十多天，俊奇来家里，说二婶你没事了到我家跟我娘说说话吧，二婶是去了一趟，俊奇娘很是热惦她，留她吃饭，还送她了一件包头的帕帕。这个地主老婆年轻时二婶是不愿接近的，但人一老，却觉得亲了。两人脱了鞋坐到炕上，二婶说：“你眼睛还好？”俊奇娘说：“见风落泪，针是穿不上了。”二婶说："那比我瞎子强，世上的景儿我都看不见……你去市场上了吗？"俊奇娘说："我走不动了么！"两人就木嚅木嚅着没牙的嘴，像是小儿的屁眼。俊奇娘说："老姊妹，你说，这尘世上啥最沉么？"二婶说："石头。"俊奇娘说："不对。"二婶说："粮食是宝，粮食沉。"俊奇娘说："不对。是腿沉，你拉不动步的时候咋都拉不动！"四婶就"嗯嗯"点头，说："瞧你年轻时走路是水上漂呢，现在倒走不动了！"伸手去捏俊奇娘的腿，一把骨头和松皮。说起了过去的事，已经没成见了，就说土改，说社教，也说"文化大革命"，不论起那些是是非非，倒哀叹着当年的人一茬一茬都死了，留下来的已没了几个。俊奇娘就说："天义身子还好？"二婶说："好啥呀，白天跑哩，夜里睡下就喊脊背疼。"俊奇娘说："他那老胃疼还犯不犯？"二婶说："不当干部了，反倒慢慢好了。"俊奇娘说："他年轻的时候可是一吐一口酸水哩。"就又想起了过去的事，不再怨恨，倒有些得意，然后不出声，眯起眼睛靠在了炕墙上。二婶说："你咋不说了？"俊奇娘说："我作念起一个人了。"二婶愣了一下，长长出了口气，说："你还好，还有个人作念哩，我一天到黑在屋里，啥都想想，啥都想不出来。”两个人嘿嘿笑起来，二婶突然住了笑，歪着头听，说：“鬼，咱说的啥话呀，别让人听到！院子啥在响？”俊奇娘趴在窗缝往外看，说：“是猫。”就又没盐没醋地说闲话。

这一天，二婶点着拐杖到了俊奇娘的厦屋门外，听见俊奇娘在和人说话，就拿拐杖敲门，俊奇娘一看，忙扶她进去。二婶说：“和谁说话的？”俊奇娘说：“和俊奇他爹么。”二婶说：“和俊奇他爹？”俊奇娘说：“我再不和他爹说了，那死鬼害了我一辈子，再打我我也不说了！”二婶说：“他还打你？”俊奇娘说：“我没事了就和他说话哩，可昨儿中午我出门，咣地头就撞在门上，一定是死鬼打了我。你摸摸，头上这个包还没散。我让俊奇一早起来去他爹坟上烧纸了，让他拿了钱走远！他打我哩！”两人又说笑了一回，就都不言传了，差不多默默坐了一个小时，二婶说：“太阳下台阶了没？”俊奇娘说：“下台阶啦。”二婶说：“才下台阶？天咋这么长的！”俊奇娘说：“又没要吃饭呀。你说咱活的有啥作用，就等着吃哩，等着死哩么。”二婶说：“还死不了呢，我得回去做饭呀，他是个饿死鬼，饭不及时就发脾气呀！”摸着到家，却仍不见夏天义回来，骂了一句："那麻将有个啥搓头！"自个去笼里取馍要到锅里馏一馏，可笼里却没有了馍。

笼里的馍是夏天义一早全拿走了。在七里沟里，我们在沟坝上的一片洼道里清理了碎石和杂草，挖开席大一块地，地是石碴子土，就拿镢头扒沟崖上的土，再把土担着垫上去。夏天义告诉我们，好好干，不要嫌垫出的地就那么席大，积少可以成多，一天垫一点，一个月垫多少，一年又垫多少，十年八年呢，七里沟肯定是一大片庄稼地，你想要啥就有啥！"我说："我想要媳妇！"夏天义说："行么！"他指着地，又说："你在这儿种个东西，也是咱淤地的标志，要是能长成长大了，不愁娶不下个媳妇！"夏天义肯定是安慰我说的，但我却认真了，种什么呢，没带任何种子，也不能把崖畔的树挖下来再栽种在这里呢？我把木棚顶上的一根木棍抽了下来，插在了地里。哑巴就咯咯地笑，他在嘲笑一根木棍能栽种活吗？我对木棍说："你一定要活！记住，你要活了，白……"我原本要说出白雪，但我没敢说出口，哑巴又撇嘴了，手指着我的裤裆，再摆了摆手。他是在羞辱我，我就恼了他。那个下午，我没理哑巴，他在东边搬石头，我就在西边搬石头，他担一担土，我也担一担土。夏天义说：“赌气着好，赌气了能多干活！”他每一次拿出两个馍分给我一个哑巴一个，吃完了再拿出两个馍还是一人一个，他却不吃。我说：“天义伯，你咋不吃？”夏天义说：“我看着你们吃。”我说：“看着我们吃你不馋呀？”夏天义说：“看着你们吃我心里滋润。”哑巴就先放了一个屁，但不响，又努了几下，起了一串炮。

晚上回来，夏天义脊背痒得难受，让二婶给他挠，又喊叫浑身疼，二婶觉得奇怪，三盘问两盘问，才知道了夏天义一整天都在了七里沟，就生了气，和夏天义捣开了嘴。夏天义没有发火，倒好说好劝，末了叮咛不要给外人提说，他以后每天都去七里沟，只需早起能给他蒸些馍馍，调一瓦罐酸菜就是了。他说：“不累，我这么大年纪了还不知道照顾自己吗？”这样又去了几天，二婶终于把事情告诉了庆满，庆满就有些生气，他知道爹能去七里沟，得仗着力气像牛一样的哑巴，就在哑巴晚上回家换裤子时教训哑巴。哑巴个头已比庆满高出半头，一脸的红疹疙瘩。他的裤子破了，露出半个黑屁股，脱了让娘补，庆满的媳妇忙着擀面条，说寻你爹去，庆满就大针脚补，一边补一边埋怨哑巴像土匪，新裤子穿了三个月就烂成这样，是屁股上长了牙了？哑巴只坐在那里吃馍，一个馍两口，全塞在嘴里，腮帮上就鼓了两个包，将柱子一样的腿搭在门槛上，脚臭得熏人。庆满说：“你是不是跟你爷去七里沟了？”哑巴的舌头撬不过来，来运在旁边说：“汪！”庆满又说：“你长心了没有，你爷要去七里沟你不阻拦还护着他？”来运又说：“汪！”庆满骂道：“你不愿意着你娘的 × 哩，我是问你了？”来运冲着庆满汪汪汪了三声，庆满把来运轰出去了。再对哑巴说：“明日不准去七里沟，听见了没？我再看见你去了，我打断你的腿！”哑巴忽地站起来就走。庆满说：“你往哪儿去，我还管不下你了！”过来就拉哑巴，哑巴一下子把庆满抱住，庆满的胳膊被抱得死死的不能动，接着被抱得双脚离了地，然后咚地又被摁坐在椅子上。庆满惊得目瞪口呆，看着哑巴走出去了。

庆满把哑巴摁他的事说给了庆金庆堂，庆金庆堂都叹了气，说爹一根筋的脾性，又有个二杆子哑巴跟随他，他们要去七里沟就让去吧，箍盆箍桶还能箍住人？便安排了瞎瞎的媳妇白日里帮娘担水劈柴，照应着。瞎瞎的媳妇个子小，力气也怯，嘴还能说会道，照应了二婶一天，第二天心里却牵挂起了去南沟的虎头崖庙里拜佛的事，而将三岁的孩子用绳缚了腰拴在屋闩上，倒托二婶把孩子经管着。等到夏天义从七里沟都进门了，她还没回来，孩子尿湿了裤子，又用尿和了泥抹得一身脏。夏天义训斥了她，她没脾气，却笑着给夏天义说：“爹，我想和你商量个事。”夏天义说：“说么。”她说：“我今日原本半天就回来的，没想朝拜昭澄师傅肉身的人很多，我就多待了些时辰。”夏天义说：“听说昭澄师傅死了身子就是不烂？”她说：“师傅修行得好，没有烂，看上去真的像睡着了。爹每天去七里沟，我也去七里沟，给爹在那里做热饭吃。”夏天义说：“你想把七里沟也变成庙啊！”瞎瞎的媳妇没再还嘴，起身去淘米做饭。吃饭的时候，却又说：“爹，你说中星他爹德性够不够？”夏天义说：“你得叫叔的！”瞎瞎的媳妇说：“我这个叔的德性够不够？”夏天义说：“咋啦？”瞎瞎媳妇说：“他说他死了也会肉身不坏的。”夏天义说：“扯淡！”瞎瞎媳妇说：“他说他准备做个木箱钻进去，让人把箱盖钉死，他就饿死在里边，给世人留一个不坏的肉身。”夏天义说：“你让他死么，他能寻死？他害怕死得很哩！”就让瞎瞎媳妇抱了孩子快回自己家去，别再乱跑，好好过好日子。

中星他爹说他死了会肉身不败，他到底没有做了箱子钻进去寻死，而仍是隔三岔五就给自己的病情卜卦。哼，他的话不如我的话顶用，我说：你一定要活，一定要活！我的树，那根从木棚顶上抽下来的木棍，插在地上竟然真的就活了，生起芽，长出了叶。我就快乐地坐在树下唱秦腔曲牌《巧相逢》：

我在七里沟里唱着秦腔曲牌，天上云彩飞扬，那只大鸟翅膀平平地浮在空中。但大清寺里的白果树却在流泪。这流泪是真的。金莲一个人在村部会议室的大桌上起草计划生育规划表，听见叮叮当当雨声，出来一看，天晴着，白果树下却湿了一片，再看是一枝树股的叶子上在往出流水。金莲觉得稀罕，呼叫着戏楼前土场上的人都来看，有人就皱了眉头，说这白果树和新生果园里的大白杨一样害病，一个鬼拍手，一个流泪，今年的清风街流年不利？金莲就蔫了，不愿意把这事说给君亭。但白果树流泪并没有停止，一直流了三天。白果树是数百年的古树，村人一直视它为清风街的风水树，白果树突然流泪，议论必然会对这一届两委会班子不利，君亭就和上善、金莲商量一定要保护好白果树。民间保护古树的办法是在根部浇灌菜油，而要给白果树浇灌菜油就得五十斤菜油，村部没菜油，购买又是一笔不少的开支，上善的主意是以保护古树的名义让每户人家捐菜油。上善便去找中星他爹，散布白果树数百年已经成精，树有了病，谁捐菜油肯定会对谁好，一两不嫌少，十斤不嫌多。中星他爹也就第一个捐了半斤菜油，把一条红线系在树身上。中星他爹是多么吝啬的人，他能捐，村人也就捐，两街捐了二十一斤，中街捐了二十五斤半，东街人也就积极地捐了起来。头天夜里刮了风，天一露明夏天义起来得早，却看见武林已经在拾粪了，那粪担一个筐里装了几疙瘩粪，一个筐里却放着一些干树枝，树枝上还有一个老碗大的鸟巢，而担子头上吊着一个小油瓶。武林一见他，说："天义叔，啊你起来得，得早！"夏天义说："没你起来得早！"武林说："起，起来得早，不一定能，能拾，拾，啊拾上粪！"夏天义说："你到底是拾粪哩还是拾柴火哩？"武林说："风把鸟巢，巢，吹下来了，我拾呀，啊拾的。夏天义叔，叔，你捐了菜油了，啊没？"夏天义说："庆堂替我捐了吧。"武林说："我一会儿转，转到村，村部了，我也捐呀！"夏天义说："就瓶子里那点油呀，那有多少？"武林说："一，一两。”夏天义说：“一两？”武林说：“我向书正借，啊借的，我说借，借半斤，啊他，他啬皮，只借，借一两。”夏天义说：“你家没菜油？”武林说：“我，我几，几个月没，没见油，油花啦！”夏天义说：“瞧你这日子！”武林说：“年好过，月好，啊好过，日，日子难，难，难过么！天义叔，国家不，不是老，老有救济粮救济款，款的，这几年咋，咋不给，发，啊发呢？”夏天义说：“你这个老救济户，吃惯嘴啦？现在谁还给你救济呀！前几年丰收着，你攒的粮油呢？”武林说：“黑娥那，卖 × 的把，把我的油，油，都转，转了么。这卖，卖 × 的！”夏天义一下子噎住了，说了句：“你羞你老人哩！”匆匆走过。走过了，又反过身，说：“把这个鸟巢给我。”武林就把鸟巢给了，说：“这烧饭，美，美，得很哩！”

夏天义要了那个鸟巢并不去烧饭用，他想到了我的那棵树，要把鸟巢系在树上招鸟儿来哩。他捧着鸟巢走到小河边的桥头，那里是我和哑巴约等的地方，但那天我去得晚，哑巴也恰巧去得晚，夏天义以为哑巴累了贪懒觉，又以为我忙自家地里事，他就独自先往七里沟去了。

进了七里沟，沟里的雾还罩着，夏天义鼻子呛呛的，打了个喷嚏，雾就在身边水一样地四处流开，看到了那些黑的白的石头，和石头间长着的狼牙刺。夏天义把鸟巢系在了我的那棵树上，然后蹴下身去嘤嘤地学着鸟叫，企图能招引鸟来，但没有鸟来，也没有响应的鸟声，他就拿手抓起像浪一样在树边滚动的雾，抓住了却留不得，伸开五指什么都没有，指头上只冒热气。夏天义就是在这个时候看见了七里沟平平坦坦，好像是淤出了平坦的土地，地里长满了苞谷，也长满了水稻，而一畦一畦的地埂上还开了花，大的高的是向日葵，小的矮的是芝麻和黄花菜，有萤火虫就从花间飞了出来。哎呀，萤火虫也是这么大呀！哎，黑了，哎，亮了，亮的是绿光。夏天义猛地怔了一下，看清了那不是萤火虫，是狼的一对眼睛，一只狼就四腿直立着站在那里。夏天义一下子脑子亮清了，对着哩，是狼！足足有二十年没见过狼了，土改那年，他是在河堤植树时，中午碰见了狼，狼是张了大口扑过来，他提了拳头端端就戳到狼嘴里。他的拳头大，顶着了狼的喉咙，狼合不上嘴，气也出不来，他的另一只手就伸过去抠狼的眼珠子，狼就挣脱着跑了。他将打狼的事告诉了人，没人肯相信，他也不相信自己竟能把拳头塞在狼嘴里，但他确实是拳头塞进狼嘴里了，狼才没了力气，而石堤下有狼的蹄印和狼逃跑时拉下的一道稀屎。这件事曾经轰动一时。现在，夏天义又和狼遇到了一起，夏天义过后给我说，这或许是命里的定数哩，要不咋又面对面了狼呢，这狼是不是当年的那只狼，或者是那只狼的后代来复仇呢？但夏天义不是了当年的夏天义，他老了，全身的骨节常常在他劳动或走动中嘎嘎作响，他再也不是狼的对手了。夏天义当时是看了一下周围，身前身后没有制高点，即便有一个大石头，他也再无法跳上去。他没敢再动，硬撑着，警告自己：既然逃不脱，就不要动，让狼吃不准你已经老了。夏天义就这么一动不动地站着，站了许久，隐隐约约听到了沟口有了哑巴的哇哇声，他瞧着狼是低下了头，然后扭转了身子，钻进了一片白棉花似的雾里，那条拖地的尾巴一扫就不见了。

这件事，夏天义没有像几十年前在河堤上和狼斗打后立即告诉了人，他是在二十天后才说给了我和哑巴。我是半信半疑，信的是夏天义从来不说诓话，他把这件事当成他一生很羞愧的事，所以在二十天后才说给了我们；疑的是如今哪儿还有狼呢，我和哑巴曾三次半夜里到七里沟，走遍了每一个崖脚，每一丛梢林，都没见到过狼。但我现在回想，那一天我和哑巴迟去了七里沟，来运首先叫着跑到了夏天义身边，夏天义是直戳戳地站着，脸色苍白，五官僵硬得像是木刻的。我说："天义伯，你来得早？"他没有回答，也没有看我。我说："你咋啦，伯！"将他一拉，他一下子倒在地上，像是倒了一捆柴。他说："我的腿呢，腿呢？"我捏着他的腿，他没感觉。等缓过了一会儿神，夏天义说他头晕，我们扶他进木棚歇下，我看见了他的裤裆是湿的，而且一股臊味。

我和哑巴都以为夏天义是真病了，也不往别处想，到了中午，夏天义从木棚里出来，却变成了另一个模样。他是突然地吼了三声，对面崖畔上的岩鸡子起飞了三只，吓得我打了个哆嗦。我疑惑地看着他，他给我招手，要我和哑巴过去同他掰手腕。我一搭手，他便把我的手按倒了，而且使劲握我，我感觉骨头都要被握碎了，他还不丢手。哑巴的力气大，两人相持了两分钟，但最后还是他将哑巴的手按倒了。夏天义说："你熊了，一个小伙子倒不如你爷！"我说："天义伯，我爹要是还活着，你年纪大还是我爹年纪大？"夏天义说："你爹比我小三岁，你爹没能耐，早早死了。"我说："凭伯这手劲，你能活一百岁！"我这当然是恭维话，只说他听了哈哈一笑，但夏天义没有笑，却转了一下身，问："我这头上有啥不一样？"我说："前边头发白了，后边头发还是黑的。"夏天义说："是一半白一半黑，那就是我才活了一半。我今年七十五了，我还要活它七十五年哩！我告诉你们，我夏天义二十岁上闹土改就当了村干部，我没亏过人，也没服过人，清风街大大小小的地主富农都是我给定的成分，清风街的水田旱田塬上坡下是我用尺子量着分给各家各户的。在我手里筑的河堤，河堤筑了又修的滩地，修滩地时你引生还在你爹的大腿上转筋哩，我膝盖上结出的厚茧整整三年才蜕的茧皮，这后脖上的肉疙瘩都是扁担、杠子磨的！我跑的电站项目，后来用了湖北输过来的电，咱们的电站废了，但电站的水渠现在还做灌溉用。是我领人修的梯田，是我领人上了水库工地。改革啦，社会变啦，又是我办的砖场，种的果园。清风街村部那一面墙上的奖状和锦旗是在我手里挣来的，在我的手里清风街摘了贫困村帽子。你们说，我是能行还是不能行，咹？"我和哑巴老老实实站着听，好像听他的训话。夏天义还在任上的时候，他是好训话的，披着褂子，手里拿着黑卷烟，讲话是一套一套的。我爹讲话不行，我帮我爹分析过夏天义的讲话，发现他之所以讲话有气派，能煽惑，是他爱用排比句，但我爹后来也用排比句，却没有高低快慢的节奏，我爹的讲话就不吸引人。现在，待夏天义追问他能行还是不能行，我说："天义伯能行得很哩！"夏天义却说："能行个屁！"说完了，却又说："我夏天义失败了，我失败就失败在这七里沟上。可我不服啊，我相信我是对的，我以一个老党员的责任，以一个农村干部的眼光，七里沟绝对能淤成地的！我告诉你们，如果你们信得过我，你们就跟我干，要信不过，你们随时都可以走，听见了没？"哑巴哇哇叫着，我赶紧说："听到了！"夏天义说："听见了，走不走？"我说："你不走，我不走！"夏天义说："好，那你现在就回去到秦安家把放在他家的火铳拿来！"

名家点评

贾平凹的写作，既传统又现代，既写实又高远，语言朴拙、憨厚，内心却波澜万丈。他的《秦腔》，以精微的叙事，绵密的细节，成功地仿写了一种日常生活的本真状态，并对变化中的乡土中国所面临的矛盾、迷茫，做了充满赤子情怀的记述和解读。他笔下的喧嚣，藏着哀伤，热闹的背后，是一片寂寥，或许，坚固的东西都烟消云散之后，我们所面对的只能是巨大的沉默。《秦腔》这声喟叹，是当代小说写作的一记重音，也是这个大时代的生动写照。

第七届茅盾文学奖　授奖词

决审委员会在众多优质作品中选出《秦腔》，是因为作者借陕西地方戏曲“秦腔”的没落，写出当代中国乡土文化的瓦解，以及民间伦理、经济关系的剧变。全书细腻写实而又充满想象力。有关当代中国城乡关系的创作所在多有，但《秦腔》同中求异，以伧俗写真情，平淡中见悲悯，寄托深远，笔力丰厚，足以代表中国小说又一次重要突破。

香港“红楼梦·世界华文长篇小说奖” 决审团评语

这本小说写商州村镇清风街半个世纪的故事，以村中夏、白两家的恩怨为经，共和国的政经变迁为纬，贯穿其间的则是秦腔由流行到衰亡的过程。贾平凹在此书《后记》点明清风街的原型就是自己的故乡棣花村。离乡三十多年了，棣花村固然令他魂牵梦萦，但这个村落的急速变化也带给他最大的感伤。在心目中的故乡完全毁灭之前，贾平凹“决心以这本书为故乡树起一块碑子”——预为墓志铭。

秦腔是中国最古老的剧种之一。对贾平凹而言，秦腔是西北民间生活的核心。它的本嗓唱腔激烈昂扬，毫无保留的吐露七情六欲，而它七百多种剧目演尽忠孝节义，形成庞大的草根知识宝库。更重要的，秦腔人人得而歌之演之，并融入日常行为模式中；剧场和生活所形成的紧密互动构成了文化和礼仪的基型，也成为世路人情的参照。然而在新世纪里秦腔面临空前的危机。小说中秦腔的消失当然可以以城乡关系转变，生产消费模式更替，或是国家政策“主旋律”重新定调等等原因解释。但贾平凹还有别的寄托。如果这种声腔来自八百里秦川的尘土飞扬，来自三千万人民的嘶吼传唱，它就不是简单的音乐。用贾平凹的话来说，“五里一村，十里一镇……秦腔互相交织，冲撞，这秦腔原来是秦川天籁，地籁，人籁的共鸣啊！于此，你……不深深地懂得秦腔为什么形成和存在而占却时间、空间的位置吗？ ”秦腔的没落于是成为人心惟危、时空逆转的象征，是一种异象。

哈佛大学东亚系教授，文学评论家　王德威

贾平凹创作谈：

“文革”对于国家，对于时代是一个大的事件，对于文学，却是一团混沌的令人迷惘又迷醉的东西，它有声有色地充塞在天地之间，当年我站在一旁看着，听不懂也看不透，摸不着头脑。四十多年了，以文学的角度，我还在一旁看着，企图走近和走进，似乎更无力把握，如看月在山上，登上山了，月亮却离山还远。我只能依量而为，力所能及地从我的生活中去体验去写作，看能否与之接近一点。

比如说题目为啥要叫“古炉”，因为在我的意思里，古炉就是中国的内涵在里头。China（中国）这个英语词，以前在外国人眼里叫作瓷。与其说写这个古炉的村子，实际上想的是中国的事情，写中国的事情，因为瓷暗示的就是中国。而且把那个山叫作中山，也都是从中国这个角度整体出发进行思考的。

长篇

古炉（节选）

88

漫长的这个冬季终于过去，年节就来了，村里再没了社火，下河湾的戏也不来演，但从年三十到初五的六天里，一定要吃馍的，不吃馍哪里是过年呢？家家都是没了麦面，只能做苞谷面的粑粑，最好的也仅是在苞谷面里掺少许麦面，和水拌匀了，放入酵头，连着盆子在炕上捂了被子发酵，都忙着烧蒸锅。村子里柴火烟又像雾一样顺着巷道卷，粑粑和二掺面馍馍的甜丝丝的气味忍不住张口来吸，一吸又都呛得连声咳嗽。狗尿苔在巷道里跑着，烟雾全让他用脚踩了起来，一会儿没有腿了，一会儿没有胳膊了，跑出巷口，整个身子都没有了，只看见一颗大大的脑袋。面鱼儿老婆答应着要给婆灌一壶醋的，狗尿苔要去拿醋，就把从六升家买来的豆腐切出一块要回报的，古炉村的豆腐依然是老豆腐，瓷得可以拴根葛条提着。面鱼儿老婆正蒸出了一笼粑粑，说狗尿苔你有口福，从蒸笼里用竹片划出一块让他吃。狗尿苔已经吃了三口了，又掰开一疙瘩塞到嘴去，就发现了掰开的粑粑里有了一个虱。狗尿苔什么都可以吃的，比如谁唾在他碗里他可以吃，从口里掉在地上的东西，拾起来吹一吹土也还可以吃的，却就是不能吃食里发现小动物，他说：婶，婶，粑粑里有虱哩！面鱼儿老婆说我看看，结果面鱼儿老婆看了，说：这哪是虱呀，是颗芝麻么。狗尿苔或许也就认为那是芝麻，最多把芝麻掸掉，可面鱼儿老婆却说：面盆子在炕上捂着发酵哩，能保住被子上的虱不跑上去？这有啥呀，全当吃没骨头的肉哩！狗尿苔就不再吃了，提了醋壶出来，在巷道里恶心地吐。

六天里，头三天吃粑粑，后三天吃豆腐渣和红薯面和在一起蒸出的馍，初六一过，人说正月十五以内都是年节，实际上，没有了好东西吃还算什么年节啊？开始恢复了喝苞谷糁稀糊汤，吃柿子拌稻皮磨出的炒面，差不多的人都开始屙不出来，厕所里随处可见掏屎的柴棍儿。

但是，在山门下，在村南口和东头碾盘那儿西头石磨那儿竟然生出了一片片牵牛花。古炉村原来是天布家照壁下有一蓬牵牛花蔓，照壁推倒后，蔓蓬也连根挖了，一下子却在别的地方生出那么多的蔓，是哪儿来的呢？人们都觉得奇怪。这些蔓上长满了像蝴蝶须一样的蔓尖，伸得长长地在空中抓，抓住个什么了就卷起来往上爬，就爬上了山门两边的石柱，爬上了碾盘旁的苦楝树，连老顺家的山墙也爬上去了一人高，那石磨上扇已经被揭开，滚到了塄畔下，蔓就把石磨的下扇全部罩住，而没有凿好的新的石狮也被罩得什么也看不见了，像是一疙瘩藤架。花没有开，但你感觉它随时就开了，甚至会觉得你才一转身，那喇叭一样的花全朝天吹起，热热闹闹作响。

婆全然地聋了，什么声音再也听不见，就是开批斗会，怎样地骂她，她不会理会，脸上没有表情。年三十的夜里很黑，她给狗尿苔糊了灯笼，灯笼上贴了一圈剪下的纸花儿，但狗尿苔提着灯笼在巷道里跑了一圈，里边的煤油灯歪了，烧着了灯笼，哭得汪汪地回来。婆没有打他，还在安慰，说：有灯笼了走夜路能照着路，没灯笼了也一样走路么。就在他拉着婆上屋台阶时，他听见了婆的身子里咔嚓了一下，婆的腿就疼得走不动了。村里再没有了善人，婆自己给自己揉了一夜腿，虽然还能走路，却从此再离不开了拐杖。狗尿苔看着婆拄着拐杖走路，动不动就要想到婆从拄拐杖那日起，身子要一点一点木质了。他的眼泪就流下来，再不让婆去地里干活，去泉里担水，到猪圈里喂猪，他都要更勤快地去干。但是，婆更多地都在家里和院里，她走不动了，耳朵也聋实了，也不再愿意见人。毕竟在家里、院里待久了饭吃进肚子里又沉腾腾不动，每当黄昏，就一个人拄了拐杖出来，要到村南口的塄畔上立一会儿。巷道里已经很难找到一张风吹成疙瘩的大字报了，树上的叶子也才长出嫩叶，她没有什么东西能拿来剪纸花儿，其实，她都握不动了剪刀，也不再剪纸花儿了。她拿眼睛来照，照这个世上，照这个世上的各种人和猪呀牛呀狗呀的，甚至就坐在那一块石头上看着天上的云，看着谁家雨淋过的山墙，从云里和墙皮上看到更多更丰富的人人物物。她在这个时候，皱纹聚起来，像一朵菊花，也像一个蜘蛛网，却辨不出她是在愁苦呢还是在无声地微笑。

现在，天上的云如同冰一样发白发青，在太阳快要落下去了，那冰层出现了断裂，一道红光斜斜地就照着了半个中山，还有屹岬岭的南崖头，而南山依然青黑的，黑得像兽群，南山之所以这般的黑，是半山腰处卧着云，整个冬季那里是不化的雪，人们永远以为那还是雪，却不知在什么时候云替代了雪，或许是雪不知不觉就变成了云吗？婆盯着那云，云就动起来，一齐往山下流去，后来流下州河里，什么就没有了，州河还是白花花的。昂嗤鱼在叫自己的名字，昂嗤——！昂嗤——！昂嗤鱼从来没有叫得这么响的，如牛在牛圈棚里哞叫。

狗尿苔说：婆，是神在那里扫云吗？

婆听不见。婆脸上没有任何表示，她看着最后一道太阳光从中山和屹岬岭南崖头都退去了，州河还是白花花的，一动不动的那种白花花。

狗尿苔意识到婆什么也听不见了，心里一阵泛酸，他搀了婆，要把婆搀回去，但婆却看见了跟后背着背篓从村南口的慢道上趔趄着腿上来。

跟后的媳妇在年根死了。那媳妇一个冬天断腿都在化脓，脓出到最多的一次盛了少半碗，睡倒了半月，只说还可以挨过一年半载的，谁也没想到，要过年要过年了却死了。跟后的媳妇一死，跟后的天就塌了，年前村里还是来了救济，跟后就被救济了，可这次救济再没有了粮食，全部是从新疆过来的萝卜干，而且萝卜干还得去镇上领，跟后就带着儿子从镇上背回来了几十斤萝卜干。那儿子看见了狗尿苔，叫着干大跑上来。

狗尿苔说：过了年了你咋还这么高？

干儿子说：你也这么高么。

狗尿苔说：我不长你得长呀！

干儿子说：我不长！

狗尿苔抱住了干儿子，说：不长就不长吧，咱都不长！

跟后却放下了背篓，就势躺在了地上，他脸色苍白，像糊了一张纸，叫着婆。婆看着他的口形也叫着跟后，叫声是那么高，说：跟后你咋啦，你是要狗尿苔背背篓吗？跟后点着头，头就耷拉在地上。狗尿苔不肯背。跟后又说了一句：我怕是不行了，狗尿苔。

狗尿苔这才看了跟后一眼，听干儿子在说他大在路上要屙哩，蹴在地里就是屙不下来，他用手在肛门里抠，抠是抠出几颗干粪蛋了，却抠裂了肛门，血流了一地，就趴在那里睡了半天。狗尿苔便去背背篓，背篓大，一背起来，篓底就磕打着腿弯子，他说：这阵寻着我了？你给霸槽捎锨的时候，叫你你连吭一下都不吭声！跟后说：打人不打脸，揭人不揭短，提不成那事啦，不提啦。狗尿苔说：镇上有啥消息吗？跟后说：啥消息？狗尿苔说：你给我再装糊涂，我就不背啦！跟后说：你是说公审会吗？狗尿苔说：啥公审？枪毙会！跟后说：嗯，听说就这几天哩。狗尿苔说：你说真能枪毙吗，霸槽就真的要枪毙呀？！跟后说：那还用说，铁板上钉钉子的事！跟后又说：唉，他一棵苞谷苗苗才要长成个树呀！狗尿苔说：苞谷苗苗能长成树？！跟后捂着了屁股，靠在了满是牵牛花蔓的石狮上，肛门又流出血来，流在了脚脖子上。

第二天的早晨，狗尿苔提了半桶生尿要泼到自留地的麦上去，一只蛤蟆就趴在巷道，他就跺着脚，跺一下蛤蟆往前蹦一下，竟撞着了一家院墙和院墙外的榆树之间结成的蜘蛛网，那只胖胖的蜘蛛从网上掉下来，但没有掉在地上，牵着一根丝在那里晃过来晃过去。早晨碰上蜘蛛是这一天要有重要的事发生，这是古炉村人人都相信的事，但狗尿苔不知道今天会发生什么事呢。狗尿苔说：蜘蛛，蜘蛛，你知道了什么？胖蜘蛛攀着丝上到了树枝上，狗尿苔还生气着蜘蛛不告诉他，树枝上却掉下了另一个蜘蛛，掉在地上就死了。

牛铃曾经说过，雄蜘蛛都瘦小而雌蜘蛛却肥胖，雄蜘蛛一生都在谋算着把它的那个东西插到雌蜘蛛的身体去，但一旦它把那个东西插进了雌蜘蛛的身体里，它很快就死了。狗尿苔看着死在地上的蜘蛛，蜘蛛是瘦小的，想着是不是它刚才和那个胖蜘蛛那个了？这是真的吗，他想问问别人，而巷道里没有人，在巷口的一个碌碡上坐着老顺，老顺拿着一个碗，碗里是和好的炒面，没有吃，却用手捏着炒面团搓着，搓成细条了，就在碌碡上摆起来，摆得像个小塔，像个馍馍。

狗尿苔说：叔，老顺叔，雄蜘蛛和雌蜘蛛一那个，雄蜘蛛就死了，真是吗？

老顺好像听不着，专注地做他的事，在碌碡上摆了一疙瘩，又去另一个树根上摆了一疙瘩。

狗尿苔说：嗨！你弄啥呢？

老顺说：弄屎哩！

摆出的炒面疙瘩不是像塔，也不是像馍，和屎一模一样。

狗尿苔说：屎？

老顺说：你吃呀不？吃屎！

狗尿苔认定老顺是疯了。他不再理睬疯子老顺，想着疯病是不是传染的，就像疥一样，来回疯了又疯了老顺。狗尿苔到了自留地，地里的露水立即打湿了裤腿，他一勺一勺把尿水泼了，一股小风就走近了，在地砸头卷了一个细细的风柱子。这时候远处的公路上突然地涌现了一大群人，就都在小木屋那儿。小木屋还在，却没有了门也没有窗子了，门前还堆着县联指人设哨卡的石头，那横着的榆树还一直没抬走，被掀滚在路旁的地头上，许多人就站在石头和榆树上。从屹岬岭转弯处的公路上还有人一溜带串地下来，而烽火梁那儿公路上也黑压压地有了人群。狗尿苔说了句：真要有重要的事发生了？！提了尿桶就跑。在村道里，摆子在敲锣，摆子的腰总算好了，摆子又活成了另外一个人，他在喊：全体社员都听着，吃过饭都到河滩去！没吃过饭的赶快吃饭到河滩去！今日召开公审大会啦！狗尿苔才要问个究竟，摆子已转过三岔巷去，而留在这条巷道里的声从东墙撞到西墙，从西墙又撞到东墙，狗尿苔也只是听清了：全体社员都听着……

村道里有人从院门出来了，这一家的问斜对门的，那一户的又问隔壁的，他们似乎没有看到狗尿苔，好像过来的是一只狗一头猪，或者是一股风，狗尿苔有些生气，也后悔出来没有带火绳。但是，即便他们要问他，他又知道什么呢，能回答什么呢？他就一边从巷道里走，一边奓着耳朵听。听到的是：下河湾西川村东山洼的人都来了，镇河塔那儿的人都挤疙瘩啦！——呀，他们咋到咱这儿？——要公审的都是咱古炉人么。——公审谁？——还有谁？——要枪毙天布和霸槽吗？——可能吧。——爷呀，古炉村要死多少人呀！还有谁，还有谁，会不会要还逮捕些红大刀和榔头队的人？——这说不来么。——爷呀爷，咱古炉村完了，西山垭村五二年闹暴乱，从此一沟成了暴乱村，咱要成文革村了。——暴乱和文革咋能扯到一起？文革好，文革万岁！——万岁，万岁！可古炉村死这么多人，死一人了他后人是几代都翻不了身的呀，完了，完了，古炉村啥都没有了！——还有瓷货么。——是有窑哩，谁又再会烧窑？就摆子吗？——还有狗尿苔，让狗尿苔烧！

狗尿苔终于听到有人说到他了，但他们又是戏谑他，拿他取笑，狗尿苔说了一句：我明年就上学呀，你以为我将来就烧不了窑？！朝地上呸了一口，提着尿桶往家里走去。但牛铃在叫他，大声地叫，只有牛铃永远是热乎他的。

牛铃是和两个背枪的人在杜仲树下说什么，喊着他的名字跑过来时还回头说：往左边巷里走，在堆着照壁砌下来砖的那个院门就是。狗尿苔看着背枪的人走进左边巷了，问牛铃：那是谁背的枪？牛铃说：我不知道，是公审来的人吧。狗尿苔说：他们问你啥呢？牛铃说：问天布家在哪儿？狗尿苔说：是来抓天布的媳妇呀？牛铃说：他们说要去天布家让缴子弹费呀。狗尿苔说：缴子弹费？枪毙天布还要让他家缴子弹费？！牛铃说：这你不知道了吧，凡是被枪毙的人都要缴子弹费哩。狗尿苔心里一紧，浑身一阵发麻，他说：哦，哦。转身又走，连尿桶也忘了提。牛铃却说：你不去河滩呀？狗尿苔说：能不能去？牛铃说：现在没榔头队也没红大刀了咋不能去？你哪儿没能去过？！狗尿苔说：没有榔头队和红大刀了，那我才不能到处跑了，我又是四类分子的狗崽子了么。牛铃说：这倒也是，可你不去看看天布和霸槽了，就再也没有天布和霸槽了。狗尿苔又站住，最后还是被牛铃又拉着走了。

公路上正好又开来了十几辆卡车，每个卡车上都贴着

“实行无产阶级专政”的大幅标语，车上背枪的人就押着五花大绑的犯人，狗尿苔压根儿没有想到前边的车上押着的是天布和霸槽，后一辆车上押着的是马部长和胖子，再后边的车上押着的却是守灯和麻子黑。

怎么还有麻子黑和守灯？牛铃说：听说他们也成立了造反兵团，借过三个信用社的钱，在借黄柏岔信用社钱时，营业员不借，他们就当场把营业员打死了。狗尿苔说：麻子黑手里有几条人命了，他杀多少人我都信的，守灯也会杀人？牛铃说：四类分子本来贼心就不死么。狗尿苔不言语了。牛铃说：哦哦，我不是说你，我说守灯哩。狗尿苔不上牛铃的怪，他要从人群里挤过去看守灯，但卡车厢后边的挡板打开了，犯人被推了下去，狗尿苔看不见了犯人，他听到有惨叫声，立即也听到有骂声：还知道疼呀？站起来，配合好，配合好了一会儿一枪打在脑袋上你就不疼的，要不配合，多打几枪，你才知道啥叫疼了！人群就呼地往后退，退过来的人踩着了狗尿苔和牛铃的鞋，他们就倒了，人群还在往后退，有人就也倒在了他们身上。狗尿苔喊：踏人啦，踏人啦！人群却又向前涌去。等他们爬起来，公审会已经开始了。他们看不到公审台在哪儿，犯人又如何站着，看到的只是人群的屁股和后背。要从腿缝间钻进去，钻进去不到一米就钻不进去了，狗尿苔给一个大个子说：让我爬到你肩上。那人说：你来上我头上来？！牛铃就拉着狗尿苔往小木屋那儿去，小木屋没了窗扇的窗台上都站着人，牛铃便从后墙爬上了屋顶，狗尿苔怎么也爬不上去，牛铃说：我看见啥了给你说。

于是，牛铃在说：他们就站在塔底下，天布脸像是土布袋摔了一样，守灯脸是红的，猪肝一样红，他扑沓下去了，又被拉了起来。狗尿苔说：霸槽呢？牛铃说：霸槽他扬着脸，脸咋恁寡白的。狗尿苔说：他本来脸白么，还扬着脸？牛铃说：眼睛闭着。狗尿苔说：还着军大衣吗？牛铃说：穿了红毛衣，还是那件红毛衣。狗尿苔说：他只有那件红毛衣么。牛铃说：啊狗日的麻子黑还笑哩，你笑你妈的 × 哩！狗尿苔想：麻子黑这时候了还能笑？就听到了有喇叭在讲话，但谁在拿着喇叭讲话，又讲了什么话，牛铃不在意，他狗尿苔也不在意。狗尿苔还在问：那马部长呢，胖子呢？牛铃说：屁部长！喇叭突然停了，接着是人群又潮水一样退了过来，又潮水一样漫了过去。狗尿苔问：咋啦，又咋啦？牛铃在说：要枪毙呀，往河滩里拉哩！狗尿苔急得往屋顶上爬，他后退了十几步向小木屋后墙根跑，希望能猛地跳起来蹬着墙抓住后檐再翻上屋顶，但他差不多手都要触到屋檐了，又重重地摔下来，爬起来就不用想着再次上屋顶，拧身跟着了往河滩涌去的人群。人群涌到河堤上了，堤上有背枪的人在警戒，谁也不得过去，狗尿苔就又往河堤下边的芦苇园边跑，那里人还少，能看到河滩上已挖好了的六个沙坑。每个沙坑前都站着一个端枪的人，不一会儿，从河堤那个石摆前，犯人被拉过来了，是每个犯人被两个人拉着，那不是拉，是架着跑，他们三个一组三个一组十分快地跑了过来，竟然经过了芦苇园边的沙渠，再往河滩跑去。狗尿苔看见了霸槽是第一个被架了过来，他的红毛衣是那么红，胳膊在后边绑着，看不到了，那红毛衣没有了后襟，还穿着那件洗得发白的黄军裤，裤管被绳子扎了，他的双脚几乎没有着地，被架着奔跑，脚尖就划着地，沙滩上深深地划出了两道渠儿，像犁犁过的犁沟。狗尿苔听见身后有人在说：咋扎着裤管？又有人说：不扎着裤管屎尿不是流出来了？这人的话可能是对的，犯人在这时候一定早吓得屎尿都下来了吧。狗尿苔回过头来，这才看见就在他的后边站着三个人，一个拿了个蒸馍，是红薯面蒸馍，另外两个人在叮咛：枪一响你就往前边跑，边跑边掰馍，跑到跟前了就把脑浆掬在馍里，要趁热吃，记住了没？拿馍的人说：我吃不下去了咋办？一个说：必须吃！听话，吃了你病就好了。记住，往第一个沙坑那儿跑，第一个是榔头队的队长夜霸槽，他脑子聪明。一个说：不说了，人家看哩。三个人头就往左后边看，狗尿苔也往左后边看了，那边却是秃子金，天布的妻弟，还有八成，他们都拿着席和绳子。那拿蒸馍的人说：为啥不说？那些人是干啥呀？狗尿苔当然明白秃子金、天布的妻弟和八成是干啥呀，收尸呀，他们一定也要先朝沙坑那儿跑的，要跑到拿馍人的前面把死尸保护起来。狗尿苔就说：那是收尸的。拿馍的人说：叔，叔，人家要收尸，我弄不到脑浆咋办？旁边那个人就问狗尿苔：你是古炉村的？狗尿苔说：嗯。那人说：来了几个收尸的？狗尿苔说：三家。收霸槽尸的来了，收天布尸的来了，收守灯尸的来了。那人说：收夜霸槽尸的？狗尿苔说：收尸的那几个人厉害得很，要弄脑浆你弄四号坑的那个女的，五号坑的那个叫麻子黑，他们没人收尸。拿蒸馍的人说：我弄那女的。话还未落点，枪响了，同时有六支枪一直在对着六个犯人，只听见了一声枪响，六个犯人却同时头上蹿了一股东西就都倒进了沙坑，那蹿上去的一股东西蹿得并不高，但几乎六股平行。狗尿苔还未搞清这是怎么回事，身后拿蒸馍的人已经跑出去了，而拿着席和绳子的秃子金、天布的妻弟和八成也跑出去了，他们跑得更快，很快撵上了拿蒸馍的人，好像秃子金还用身子抗了一下，拿蒸馍的人手里的蒸馍就掉在地上，他大声地喊：我的馍！我的馍！而大量的人都涌了过去，都往沙滩上跑，狗尿苔又被挡住了，跌坐在沙窝里，他看不见了拿蒸馍的人，也看不见了秃子金、天布的妻弟和八成。

狗尿苔还是爬起来跟着人群往河滩跑去，他想最后看一眼霸槽，他已经想好了，他看见了霸槽他不哭也不恨他，但他一定要对麻子黑唾上一口。他在沙滩上跑着，就被人抱住了，抱住他的是婆。婆也来了，婆和支书在一块，还有杏开，杏开的头上缠着头巾，头巾把整个头和脸都包住了，只露出一双大眼，她的眼眶是那么青黑，让狗尿苔想起当初霸槽戴的墨镜。杏开的怀里还抱着孩子，孩子在使劲地哭。婆说：回，你回，有娃哩，你回。也吓唬着狗尿苔回。

狗尿苔这次不听婆的话，和婆顶嘴，他说：我不去沙坑那儿了，我就在这儿行吧。婆听不见他在说什么，婆恨恨地瞪他，说：你去干啥，你看了想不吃饭不睡觉呀？！人家都不来，你去？婆硬拉着狗尿苔，狗尿苔哄了婆说：我系系鞋带。他猫下腰，突然又跑掉了，还在顶嘴：谁没来？村里人都来了！

其实，老顺没有来，老顺还在村道里摆着他的炒面，枪响的时候，他无动于衷，在六七个碌碡上和树根上都摆好了炒面屎，他走回到了碾盘旁的院里去，院门口狗在卧着，那条狗被打断脊梁，不能跑动了，终日就卧在那里。

狗尿苔和牛铃会合后，他们一直等着公路上河滩上的人都走完了，才往村里来。他们讨论着天布、霸槽、守灯、麻子黑的尸体将埋在哪儿：守灯和麻子黑都是上无老下无小的人，他们肯定是村人随便在中山根挖个坑埋掉就算了。天布有媳妇，媳妇的娘家人多，会埋在他的祖坟地里。而霸槽虽然也只一个人，但秃子金对他好，秃子金会吆喝榔头队的人把霸槽下葬的，也肯定在他的祖坟地里。但是，怎么个埋，还是做墓做棺材吗？牛铃说：肯定是挖坑，拉着他们去河滩时经过小木屋前边，我看见天布的疥上了脸了，霸槽脸上也有疥，疥会传染的，肯定要挖深坑埋的。

狗尿苔突然想到了一个问题：他们会不会变鬼？

牛铃说：当然变鬼，人死了都变鬼。

狗尿苔说：他们做鬼是个什么鬼呢？

两个人就做出了决定，上次看鬼没有看成，今晚上就按着善人交代的方法去看鬼。

进了村子，他们从村道里走，牛铃就看见了碌碡上有屎，而且不是一个碌碡上有屎，六七个碌碡上都有屎，或许他们说着鬼他心里有些发毛，要故意岔开话头，就骂道：谁狗日的屙了这么多屎？！狗尿苔知道那屎是炒面做的，他突然想作弄牛铃，他说：哦，牛铃你敢不敢把那一堆屎吃了，吃了我给你一升白面。

牛铃说：一升白面？这是你说的？

狗尿苔说：我说的。

牛铃说：你说话算话，我就吃呀。

狗尿苔说：你敢吃？

牛铃说：我敢。他看看四下没人，捏了一疙瘩屎就吃了。

狗尿苔看着他把屎吃了，说：臭不臭？牛铃说：不臭，有红薯味。你现在就去家里把面偷出来！狗尿苔口里答应着，心里却后悔了，他说：我婆在屋里，改日给你吧。牛铃说：那不行，你要耍赖，那你也吃屎。

狗尿苔说：我吃了你也得给我一升面。

牛铃说：给你一升面。

狗尿苔走到另一个碌碡上，拿起了一疙瘩屎也吃了，说：你也不要给我一升面，我也不给你一升面，咱摆平了。

两人都没再说话，走着走着，牛铃却说：啊哈，咱谁也没得到一升面，倒是吃了两堆屎么？！

狗尿苔要说什么，一股子风从一棵树后走近了，呼地封了他的嘴，他就不再说了，而风却自此刮大了。风是跑遍了整个古炉村，又跑到了河滩和芦苇园，芦苇还是半人高的茎和叶子，而那些蒲草早早开了小花，花小得像小米粒大，在风里就起身飞舞，很快形成了粉红色的雾带，浮到了村子上空。狗尿苔突然有个感觉，感觉山门下，碾盘和石磨那儿的牵牛花应该是开了。牛铃说：这不可能。狗尿苔说：一定是开了！牛铃说：还赌不，再赌一升面？狗尿苔说：赌就赌。但他没说完就闭嘴了，因为就在三岔巷那儿，婆和支书杏开还在走着，他们从河滩离开得那么早，竟然到现在了还在路上走呀。支书的腿一瘸一跛，他在政训班害了风湿，一条腿一直在疼，牙疼牙长，腿疼腿短，他就走起路来两腿不齐，摆来晃去，可他的手又反背在后边。杏开怀里的孩子哇哇地哭，像猫叫春一样悲苦和凄凉，怎么哄都哄不住。

名家点评

《古炉》的成功其实远远超越了作家对于“文革”反思的理念与勇气，它最令人印象深刻的仍然是其卓尔不群的“经验”美学。小说中的“古炉”村是20世纪60年代中国乡村的缩影，作家以百科全书的方式尽态极妍地呈现了贫穷、沉闷、无聊的乡村的方方面面，既有日常生活的全景画面，也有乡村政治、伦理、情感、权力的剖析，既有生老病死、人情冷暖的体验，也有“革命”的狂热冲动所激发的人性扭曲、欲望疯狂场面的刻画，就乡土经验的原生态、丰满性、开拓性以及思想、情感、人性的容量与开掘深度而言，《古炉》无疑又是一部突破了贾平凹自身审美极限的优秀作品。

吴义勤

中国作协党组成员、中国作家出版集团党委书记，文学评论家

《古炉》的人物众多，涉猎问题亦杂。这是一部寓言式的新作。小说对“文革”乡下的描摹，写实与魔幻相见，怪诞和实景为伍。大凡经历了那样的生活的人，读之都有呼应的地方，仿佛也是我们这个年龄的人相同经验的释放，没有做作的痕迹。作者写人事之危，夹着乡情，悲情流溢不已。最纯粹的人性与最黑暗的欲望的碰撞，指示着我们民族的隐痛。狗尿苔是个善良可爱而长不大的丑孩，这个形象在过去很少看到。可以说是继阿Q、陈奂生、丙崽后又一个闪光的人物。一个可以通天地、晤鬼魂的人物，夹缠在紧张的“革命”时代里。他的童真的视角映现着现实的悖谬，而一面也有泛神精神提供的逃逸之所。在《阿Q正传》里我们看到了鲁迅的无望的喘息，《古炉》在极为惨烈中给我们带来的是黑白的对比，乡下人善良的根性使古炉村还保留着让人留念的一隅。

中国人民大学教授，文学评论家　孙郁

贾平凹创作谈：

写《带灯》过程，也是我整理我自己的过程。不能说我对农村不熟悉，我认为已经太熟悉，即便在西安的街道看到两旁的树和一些小区门前的竖着的石头，我一眼便认得哪棵树是西安原生的，哪棵树是从农村移栽的，哪块石头是关中河道里的，哪块石头来自陕南的沟峪。可我通过写《带灯》进一步了解了中国农村，尤其深入了乡镇政府，知道那里的生存状态和生存者的精神状态。我的心情不好。可以说社会基层有太多的问题，就如书中带灯所说，它像陈年的蜘蛛网，动哪儿都落灰尘。这些问题不是各级组织不知道，都知道，都在努力解决，可有些解决了有些无法解决，有些无法解决了就学猫刨土掩屎，或者见怪不怪，熟视无睹，自己把自己眼睛闭上了什么都没有发生吧，结果一边解决着一边又大量积压，体制的问题、道德的问题、法治的问题、信仰的问题、政治生态问题和环境生态问题，一颗麻疹出来了去搔，逗得一片麻疹出来，搔破了全成了麻子。

长篇

带灯（节选）

下部　幽灵

从此带灯和竹子身上虱子不退

那个晚上，几十个老伙计都没回家，带灯和竹子也没有回镇政府大院去，她们在广仁堂里支了大通铺。从此，带灯和竹子身上生了虱子，无论将身上的衣服怎样用滚水烫，用药粉硫磺皂，即便换上新衣裤，几天之后就都会发现有虱子。先还疑惑：这咋回事，是咱身上的味儿变了吗？后来习惯了，也觉得不怎么恶心和发痒。带灯就笑了，说：有虱子总比有病着好。

夜游症

但很快带灯又有了病，这病比老病严重得多。

那是一个夜里，能听到鸡叫过了两遍，竹子突然发觉自己来了那个，却一时没有卫生巾，起来到带灯的房间去要一个。而带灯的房间门开着，没见带灯，以为是去厕所了，就拿了卫生巾回到自己房间睡了。睡了差不多一觉，听到门响，带灯是回来了，心想上厕所这么久，但也没在意，就又睡了。第二天夜里，她们一块洗脚后分头睡的，又是鸡叫两遍，门在响，带灯是出去了，出去了一两个小时才回来，回来又安然睡了。早晨起来后，带灯端了脸盆去水龙头接水，背影看着有些疲，竹子说：你后跑了？带灯说：肚子没毛病呀。竹子说：你瘦得有些厉害。带灯说：头有些晕。竹子说：让陈大夫给你看看。带灯说：吃着他配的丸药呀，咋突然关心你姐啦？竹子说：领导不关心了，上访者不关心了，我能不关心吗？带灯说：这话说低些。竹子偏大声说：我就高声说，谁来用绳子纳了嘴！

又一个晚上，竹子又发现半夜里带灯开了门出去，疑惑了，也起来悄悄尾随她，带灯竟然是穿得整整齐齐，甚至是梳了头，戴了项链，脸上抹了粉出了镇政府大门来到了镇街上，又从镇街的东头走到西头，然后从西头绕过镇街后一圈再到东关绕过镇街后一圈才返回来，回来又安然睡下。竹子就害怕，听人说过夜游症，难道带灯患了夜游症。但是，竹子不敢把这事告诉给书记镇长和别的职工，也不能当面给带灯说破，说破了担心带灯受不了。竹子就只给陈大夫说，求陈大夫也不能给带灯说，却一定要在再配丸药时，全换上治夜游症的方子。

陈大夫定期配了丸药送来，带灯依然还是夜游，竹子夜夜都尾随着，以防出事。白天里再去找陈大夫，骂陈大夫医术差，必须到县上市上医院去咨询更好的疗法，骂过了就嘤嘤地哭。

樱镇也有了皮虱飞舞

河滩里所有的淘沙都停止了，大工厂工地一时没有了沙料施工，就暂停下来，开始在南河村下边的大工厂生活规划区内拆迁旧屋。这些都是百年老屋，墙用木板夹土槌打而成，或是土坯砌垒，外边涂抹着带稻糠的泥皮。成片的老屋推倒后，尘土腾起。尘土团像蘑菇一样开在空中，久久不散，浓烈的呛味弥漫整个南河村，也从河面飘到镇街上。相当多的人开始咳嗽，咳嗽又都严重，有人差点就闭过气去。直等到尘土团慢慢散去，仍有着白色的粉末在飞，当这白色粉末落在了树上，草上，猪鸡猫狗身上，也落在人的头上肩上，才发现那已不是尘土也不是什么植物花粉，竟都是虱子。虱子干瘪得如同麦麸皮，发白发暗，仔细看了才能看出脑袋上的嘴，和嘴上的一根像针一样的小吸管。这些虱子吸吮了人畜血饱满起来，认出了这是樱镇的老虱子，不同于大矿区那边过来的黑虱子，也不同于大矿区过来的黑虱子和当地白虱交配后的不黑不白的虱子。

牙所曹九九的老爹九十多了，身上也有了一只白虱子，就嘀嘀地笑，突然才发觉很久以来，原来心里仍还有着一种怀念老虱子的感觉。

带灯与疯子

天开始凉了，人都穿得厚起来，镇政府的白毛狗毛再不白，长毛下生出了一层灰绒。竹子晚上要尾随带灯，心里毕竟害怕，就把狗带上，她给狗说：千万不出声！狗似乎听得懂，果然不乱跑，也不咬。

下过了一场小雨，连续的几个晚上没有月亮，看着地上白亮处以为是路面，踏上去就踩了泥和水。真正的路面是黑的，竹子就在黑处走。竹子还担心带灯会不会就踩到泥水，没有，她每一步都走在黑处，而且时不时弯下腰了，把干路面上的砖头挪去，甚至一疙瘩牛粪猪屎也都踢开。但是，就在七拐子巷口，带灯和那个疯子相遇。

竹子不担心是夜里有兽，狼呀野猪呀甚或黄鼠狼和狐狸，只会出没在接官、鹁鸽砚、石门那些高山村寨，它们不会来到镇街的。担心的是镇街上有人喝酒和打麻将而出来，突然碰上了带灯，不是他们被带灯的夜游惊吓就是他们要惊吓了带灯。再担心的就是遇上疯子，疯子是白日黑夜地在镇街上乱窜，遇上了会有什么举动呢，会说什么话呢?

竹子紧张地看见带灯和疯子相遇了，她使劲地用腿夹紧狗，准备着一旦有了什么意外她就要冲过去了。但她看到了令她目瞪口呆的一幕。

疯子是从七拐子巷里过来的，与其说是过来的，不如说是飘来的，他像片树叶，无声地贴在巷子的东墙上，再无声地贴到巷子的西墙上，贴来贴去，每次都斜一个三角，就又贴在了巷口的电线杆上，看着带灯。带灯也看见了疯子。他们没有相互看着，没有说话，却嗤嗤地笑，似乎约定好了在这里相见，各自对着对方的准时到来感到满意。后来，疯子突然看见了什么就扑向了街斜对面店铺门口，带灯也跟着扑向了店铺门口，疯子在四处寻找什么，带灯也在寻找什么，甚至有点生气，转身到了另一家店铺门口弯腰瞅下水道，疯子也跟过来。是什么都没有寻找到吧，都垂头丧气地甩着手。再后来，他们就向街的那头跑去，一边跑，一边手还在空中抓一下，或用脚在地上跺，像是穷追不舍什么东西，而一直跑得看不见了。

竹子在琢磨，先前看到疯子的时候，疯子总说他在捉鬼，镇街上是有鬼的，他一直在撵着鬼跑。那么，现在他们还是在捉鬼撵鬼吗？这世上真有鬼吗，人疯了可以看见鬼，人患了夜游症也可以看见鬼吗？竹子蹴下身看狗的眼，常说动物是能看到一切的，她说：你看到什么了吗？狗的眼光在夜里是蓝的，但狗眼里并没有一丝的惊恐。

竹子领着狗也从街上跑过去，跑得很快，又尽量不发出声响，可就是没有追上带灯和疯子。转了四条巷子，又绕到了北镇街后面和南镇街前，似乎有人在爬树，那么高的树都爬上去，到了跟前却什么都没有。又似乎看见了那排房屋上有人一前一后地跳过，再定睛看时，又都不见了。竹子不相信带灯能爬高上低，也不相信带灯身手能那么敏捷，但患了夜游症一切可能都会发生吗？！

竹子和狗到底没见到带灯，夜越来越黑了，她知道天快要亮了，即便带灯没踪没影，天一亮她就该清醒了，所以自己也往镇政府大院来。没想到的是刚刚从镇街拐进到镇政府的巷口，巷子里却走着带灯，她放慢了脚步，等着带灯进了大门。竹子最后回到房间，带灯已经安然睡下了，噝噝地发着鼾声，竹子就一直静静坐下，坐得全身都发凉。

提了一篮子的水

灶上吃饺子，大家都敲着碗去了，带灯却要给竹子说她刚才在杂志上读到一个小故事。故事是一个小姑娘去河里提水，她用竹篮子提的，提回来篮子里没有了一滴水，她母亲问：水呢？她说一路上水喂了花，喂了草。竹子说：这啥意思？带灯说：这过程多美妙的！

埙不见了

带灯明显地瘦，真的是削着地瘦，春天里的衣服穿上都宽松了许多。她在寻找前几年的衣服，却突然问：竹子，你拿了埙？竹子说：我没有。在哪儿放着？带灯说：记得先放在箱子里，后又放在书架子上。竹子说：咱院子里谁偷了？带灯说：都反感我吹埙的，谁偷呀，谁又敢？！两人就把箱子里的衣物全倒出来，又挪开了书架，头上都出汗了，还是寻不着埙。竹子说：会不会你出去拿着丢失了？带灯说：我出去拿着？这些天我到哪儿去了？没去呀！竹子赶紧掩饰，说：就是呀，它还能自己跑了不成？！带灯就不寻了，坐在那里喘气，说：那真的是它走了，不让我吹了。竹子看着她，心里一阵酸楚，眼泪要流下来，忙蹴下身，装着还在床下面瞅。带灯说：不让我吹了我就不吹了，听你吹吧。竹子说：我哪儿会吹埙，埙又没有了。带灯说：你吹笛子，你应该吹笛子。竹子说：我怎么应该吹笛子？带灯说：你叫竹子么，竹子烙出眼儿就是笛子么。竹子说：咦，我倒有个想法了，我也要改名了，改成笛子。

说事

竹子改名笛子，镇政府大院里的人没一个认可，依然叫她竹子。

这一天，带灯要竹子和她去松云寺看古松，竹子想正好去那里挂红布带子为她祛病，也就怀里揣了个红布带子跟着去了。经过大工厂工地，带灯又提出去看那驿站旧址吧，或许那写着“秦岭樱驿玉井莲，花开十丈藕如船”的石刻被毁后，还有残片遗落在那里吧。旧址上肯定是没有捡到残片，那里已经有水泥房子建起来。仍往松云寺去，坡根的河湾处寂静无声，芦苇和蒲草一人多高，竟然密密麻麻从河湾后一直蔓延着湾前的河滩。河滩里不淘沙了，河边的芦苇和蒲草就这么迅速生长，长疯长野了。远远的地方，有人用树枝扎编了一个排子，好像是王采采的儿子，也好像是杨二猫，叫了一声，排子却被划进了芦苇里。带灯突然说：今早政府大院里热闹，因为又要调整村干部了，不同派别人员都来说话。说好的话说坏的话，当面说的，写了匿名信的，还有面对面揭发漫骂的，也有动手打架的。梅有粮又满口白沫地喊叫村支书十二年不公布账目了，要创世界纪录呀，还喊叫村支部把五百元的特殊党费自己花了，给八十多岁老年人代领的六百元补贴发下来是六百元假钱，把一残疾人死后倒房重建款两万元自己顶名领了。竹子听她说着，觉得诧异，说：今早上镇政府大院来了人？没有啊！带灯说：没有？咋能没有？我接待的他们咋能没有？！

过了一会儿，带灯又说起白仁宝侯干事和吴干事，那么多事，那么低级，如苍蝇一样，啥都见过啥都敢吃一口，吃不上了就瞎哄哄。说完了却问竹子：是不是为了玫瑰也要给刺浇水？

又过了一会儿，带灯却又给竹子说起她去了一趟白土坡村的所见所闻。

我在山脊儿上的甘草窝躺着晒太阳。山的阳坡一面对着我回去走的大路，一面坡下叫野猫沟，都是庄稼。村长的媳妇在掰苞谷，只听见哗啦声。这时对面坡滚下石块儿，她大声问谁在上头，那人说挖蝎子哩。她说把石头弄下了一块咋不把你滚下来？那人说我滚下去怕塌住你。她说塌死老娘！这女人四十七八，人胖腿短，牙长气虚，走路只是两只小腿在前后摆动，吵架时咬牙抽唇，声像哭腔蚊子。她曾兼村妇联专干，不会业务来镇政府开会交报表时总斜身挎个大包，里边拿竹笋拳芽给包村干部让代写。修水泥路时她垄断了拾水泥袋，听说卖后一月比镇干部挣钱少不了多少。路修到村里，村民以为水泥是公家的都想给自家门前多铲一锨，她到家家去吵骂，一早晨下来脸被抓破衣服被拽，烂鞋被踢进水里。村长不露头那是他承包了修路挣钱，不能惹村民因为要被选举。她现在掰了大堆苞谷棒子，村长骑摩托往回带，正装袋时一女人飞快走来。女人瘦干利索，村长媳妇抬头开骂你来撵他的咋不嫁他？！那女人说你咋不死么你今日死我明日就嫁他。村长媳妇说你想得美，我家四间房盖了，你还住那间半破屋，他不要我他是瓜㞞啊？！村长指着他媳妇说你再说一句我抵命你！那女人说狠狠打死她！这时坡上挖蝎子的人放两个大石头下去，那女人往上看看逃出沟。一会儿沟脑上小跑着两人，抬了担架，挖蝎人问咋啦，说两家闹气了。问啥样。说王栓磨的头破了，刘治中的媳妇气死了。村长和挖蝎人说刘治中两口子挣死挣活地帮王栓磨把房盖了，想叫儿子去当上门女婿，谁知王栓磨叫两个孩子出去打工弄个生米做熟饭了能省些礼钱，谁知女儿让别的打工的把活给做了，刘治中的儿子被蹬了。刘治中不是省油的灯，两家的膏药都不好烤。他们说，唉，早晚得一架打！

带灯又说：大工厂又要修去生活区的那条路了，南河村肯定不得安宁了。可我知道不能出问题，出问题咱们辛苦了半天就白干了。支书和村长不配套互相挑事指责对方，我也来个不受理，矛盾让他们自己消化。镇长是见他们一个责批一个，不给丝毫的幻想靠镇政府，尽交办于我，我就逼村干部解决。我是他们往镇政府的桥梁。我说我不结实了过不去你们。实际上村民自治化是化解矛盾的有效方式，上级往往把问题搞大搞虚搞复杂，像人有病多数是可以自愈的。支书有才能有震慑力就是他太要大，不谦虚。村长也是寻个老鼠咬布袋难受得很，我给他解释这就像人生之路走到泥泞这一段了只有走过来。我现在也知道多数人都是心里不愉快，事况重重是生活的常态，我心情舒畅的情境也是偶然现象。我这断定对不对，是我受污染了吧。

带灯又说起王随风了。

她说：昨天火烧火燎地开个会，加强信访，安度春节，内紧外松，重奖重惩。我从前一个人能控制全镇的，现在只有一个危险分子但是很严重，这就是王随风。如果综治办里我做过阎王，樱镇上是有我指挥的一些小鬼，对于上访者，我曾让闲逛鬼给看守，把上访者带去走亲戚，在河里差点被水冲走；让酒鬼给看守，一夜八瓶烧酒把胃都喝穿孔了；让麻将鬼去看守；让是非鬼去间离。而王随风整得我没辙，我想哄她认个干姊妹，给她买个袄儿能稳定好她，然后镇政府报钱，否则我就玩完了。

总有几天烦呀烦的，这两天总是烦自己像个刺猬一样，不像别人温顺适应。我随性而动很不一样地走着自己的路，这不对呀，活人不能像艺术品越特别越好。我知道我有担当能作为，而我向前走的时候必定踏草损枝践藤踩刺，虽度过了灾难踏上了道途却又有了小草枝条的呻吟，这呻吟融及我的心让我摇摇晃晃镇静不了自己。所以我也很孤独地存在着，被别人疑惑，也恐惧着也讪笑着也羡慕着也仇恨着也恭维着也参照着，看我好像很需要很离不开他们而又超然他们，谁都有机会实际上谁都没有机会。你说我这个能爱吗，能有人敢爱吗，能给爱人舒适的空间吗？我像块僵硬的石头，榆树疙瘩躲在劣质的地方永不入艺术家的法眼和雕刻刀的。冥顽不化死心塌地在心中画鬼描仙、涂妖绘神、吃斋不念佛怜人不惜人。我是个怪人不是坏人。

竹子一直没有插话，任着带灯往下说，带灯说的大都是她也知道的事，但这些事或是多年前的事，或是几家人的事被说成了一件。竹子的眼泪唰唰地流了下来。

带灯又说了惊天大新闻

坡道上，带灯狠劲地捋菊花，把一朵最黄的插在头上，又连枝拔下一撮编成花环戴在脖子上，然后就把外套脱下来，包了那么一大包。竹子说：可以做枕头！带灯说：做枕头。可带灯捋的菊花太多了，她说：满坡的野菊囚在枕头里，给你给我。竹子说：给我？带灯说：不是你，是元天亮。竹子一下子愣住，说：你说谁？带灯说：元天亮啊！竹子说：你怎么能说这话？带灯说：这话我天天说，说过一年多了！竹子知道带灯又说胡话了，她不忍心去揭穿或劝慰，就嘿嘿地给带灯笑，带灯也嘿嘿嘿地给她笑，说：这都是真的！

下坡的时候，带灯还说了一句，竹子目瞪口呆。

带灯是说：尽管所有女人都可能是妻子，但只有极少幸运的妻子才能做真正的女人。

带灯大哭

早晨起来，带灯在房间里哭，竹子吓了一跳，去问时带灯是夜里做了一梦，想起梦里的事了就哭。带灯说，她在梦里看见元天亮回樱镇了，她不知道怎么他就出现在面前了，是从云里挣脱出来的呢，还是从海里超脱出来呢，反正是见面了。她说，我感应《红楼梦》可我并没认真看过，像路过大花园一样瞟几眼嗅几口而没有走进去受花粉的侵袭和花刺的扎痛。但我记着一句话如果没奇缘今生偏又遇上他，如果有奇缘为何心事终虚化。我曾经悲伤然而今晨我又醒悟虚化是最好的东西，虚化的云雾、花瓣，眼泪都是雨天雨花雨泪。我希望我的泪雨能是我生命之泉水不拒绝外面的影响，而我总是盼你如大块石堵在我的峡口让我给你聚成湖，或你把我喝一口让我在你心上长一株莲绽在你唇间眉梢。而你是位耐心的垂钓者，我浅薄的山泉急急奔流总也生不成能咬了你钓钩的鱼。她说，我是山顶的草木吧，像是被月亮印在心里，抱在怀里，又把月亮举上山头摔出无数的嬉笑的星星。但是，可能是她山野惯了，随意惯了，竟然做了许多不该做的事，说了许多不该说的话，就像月亮又在河水里，河水一次次急切地把月亮揽住又慌忙带走，也是一次次把月亮往出推。她现在是多么懊丧，她崇尚敬爱着元天亮的高风亮节，而觉得自己烟熏火燎的俗世生命是那样龌龊，如被扣在瓮下的竹笋出不来淤泥的莲。元天亮是走了，他真是一位锦云君子啊，一疙瘩的云，沿山峦飘荡。她在心里说，我实际是很强健刚毅能量充沛，没有什么难倒我也没有谁能打倒我，我是木本植物。所以我不是情人料，不会温润柔软甜腻贪图。我心念中我和你是在一个洞里一个窝里一个房中，我给咱看家护院，操持家园，照料你维护你喂养你，用我纯朴的心指引你做你坚实的后盾。我虽不是时时黏你可我让你时时感受女人悠远的气息和自愿，你砍柴时有了耐心，你走路时有了闲心，只要有你回家的脚步声就是我爱情的花朵开出在内心绽放在眉心。我也许永远没有自己名词的界定，也许无界的定位是真正的位置。她啊啊地叫了几声，却又在心里说，亲爱的，你自在地去云游吧。草上承当的水珠也是草的造化，你是心存气魄的云，不可能像棉花把你穿在身上，更不能像馍一样吞在肚里，你有你波涛壮阔仪表万方的命运，我想啊我不能像别人能装进你心里却我能完全把你装在我心里，我今后不会再随意称谓你，你凝结在我心里像心中有金有火的大山。而我像鸟一样飞过千山万水落脚点还是你的枝头。你是容我在你的树上居，而枯枝编出的巢不是树的牵连，那么飞翔是我的本能，所以树永远是小鸟一个真实的梦。冬天将要到了，天要下雪，天可能不能容雪，而雪优雅地来到地上生花长草，精彩着自己的生命，调整自己心态，静候大地的全力推举和太阳的倾心提携，还能以云的姿态回到天堂吗？

或许或许，我突然想，我的命运就是佛桌边燃烧的红蜡，火焰向上，泪流向下。

上访

竹子觉得带灯不但患了夜游症，而且脑子也有问题了。她再也不敢隐瞒，就去会议室告知了书记和镇长。镇长惊讶说：带灯病了，患这么怪的病？！竹子说：你不要这么大的声，我不想让别人知道，可能是脑震荡的原因吧。镇长说：看着挺好的么，她头疼不？竹子说：有点晕，没听她说过疼。镇长说：呕吐吗？竹子说：没有。镇长说：那不是脑震荡的事。你怎么能认定她有夜游症呢？竹子就说了她的尾随所见。镇长说：或许她是失眠出去转转，我就半夜半夜睡不着，爬起来看电视哩。怎么还说她脑子也有问题？竹子说：她几次给我说些过去乱七八糟的事，但又说得非常完整和详细，还强调是近日发生的。书记就哈哈大笑，笑过了，眼睛盯住竹子，低声说：你该不会为处分的事而要挟我们吧？！竹子一下子倒愣了，嘴卜卜地说不出话来。书记说：你和带灯都还年轻，以后的路还长哩，犯了错误，受到挫折，这都不可怕，吸取教训，振奋精神，哪儿跌下再从哪儿爬起来么，可怕的是要么一蹶不振要么歪戴帽子去偏路，那就只能是自毁前程！竹子说：书记，这不是对处分不满的事，不是要挟你们，我说的是真的，是真的呀！书记说：好了，你去吧，我和镇长还研究别的事哩。竹子只好离开了会议室，已经走到院中了，还听到书记在说：这小脑瓜子！

竹子回到她的房间，看窗外有鸟侧身飞过去，像一个刀片，在天空上破坏。

她哭了一场，让自己在泪里漂流。

这个晚上，带灯再去夜游的时候，竹子没有去尾随，她爬起来给县委写了一份申诉材料。她原本是反映带灯的病情的，写好了觉得一个镇政府干部病情可能不会引起上边的关注，而书记质疑她是以受处分要挟的话，使她愤怒了。回想也正是因处分之后带灯才出现了这些病情，那么一不做二不休，干脆就将樱镇如何发生斗殴事件，带灯和她如何经历现场，最后又如何形成处分，一五一十全写了。第二天上午，竹子把这份申诉材料拿到邮局去寄，半路上却遇上了王后生。王后生还是嘴角叼着半截并没点燃的纸烟，和那个卖烧鸡的秃子就站在一根电线杆下，抬头看见了竹子，就向她走过来。往常，王后生见了带灯和竹子都是躲之不及，但现在竟然直直走过来，竹子有些不适应。竹子冷着脸说：干啥哩？王后生说：秃子问我怎么写上访材料哩，他笨得像个猪。竹子说：好呀，你当着我的面敢说写上访材料！王后生说：你不是不干综治办了吗？竹子受了呛，恨恨地说：不干综治办了我还是镇政府干部！拧身了。

走了又回过来，给王后生招手，王后生走近了，竹子说：你是在羞辱我？王后生说：这我不敢，你是瘦了。竹子说：你咋知道我不在综治办？王后生说：我是干啥的么？我只说我们当农民受委屈，镇干部也有委屈事呀！竹子说：委屈不委屈与你屁事！王后生说：咋能与我屁事，受委屈的心情都一样么。竹子不吭声了，低头闷了一会儿，说：哎，你还知道了什么？王后生说：听说带灯降级还撤销了主任。竹子说：还知道了什么？王后生说：不知道了。竹子说：想知道？王后生说：想。竹子从怀里掏出了那份申诉材料，说：你看看这个。王后生当下看了，看完了折起来往兜里装，竹子却夺过去，说：这不给你。王后生没生气，说：我记性好。反倒把手伸了过来要握。竹子说：嗯？王后生说：我明白你的意思。竹子边走边说：我有啥意思？我没意思。没往邮局走，走回镇政府大院去了。

萤火虫

不经意间，樱镇上说起了湾弯里有了萤火虫，当然，一只萤火虫并不稀罕，十只八只的萤火虫飞成一团也不稀罕，而就在松云寺坡下的河湾，说那里的河边浅潭里，芦苇和蒲草间，每到黄昏，就突然聚集了大量的萤火虫，简直是一个萤火虫阵呢。杨二猫和王采采的儿子在那里扎编了多张排子，来人只要肯掏三元四元，就可以坐着排子沿着岸边的芦苇和蒲草驶去，然后再深入其间，将看到一个奇妙的世界。

除了松云寺的古松，樱镇似乎又要多一个风水景点了。

带灯和竹子在理发店里剪发，又恢复了黄书记来樱镇之前的那种发型。理发店里有人说到了萤火虫阵，她们也就跑去观看了。

正是傍晚，莽山已经看不见了树林，苍黛色使山峦如铁如兽脊，但天的上空还灰白着。她们才一到河湾，二猫就知道了，撑了排子吱呀吱呀划过来，让她们坐好，悠悠向芦苇和蒲草深处荡了过去，而顿时成群成阵的萤火虫上下飞舞，明灭不已。看着这些萤火虫，一只一只并不那么光明，但成千的成万的十几万几十万的萤火虫在一起，场面十分壮观，甚至令人震撼。像是无数的铁匠铺里打铁淬出火花，但没火花刺眼，似雾似雪，似撒铂金片，模模糊糊，又灿灿烂烂，如是身在银河里。带灯说：这么多的萤火虫呀，哪儿就有了这么多的萤火虫？！哇哇叫唤。竹子好久的日子里都没有见过带灯这般快活了，她也大呼小叫，声音从芦苇蒲草里撞在莽山上，又从莽山上撞回来，掠过水面，镇街上的人都听见了。

带灯用双手去捉一只萤火虫，捉到了似乎萤火虫在掌心里整个手都亮透了，再一展手放去，夜里就有了一盏小小的灯忽高忽下地飞，飞过芦苇，飞过蒲草，往高空去了，光亮越来越小，像一颗遥远的微弱的星。竹子说：姐，姐！带灯说：叫什么姐！竹子顺口要叫主任，又噎住了，改口说：哦，我叫萤火虫哩！就在这时，那只萤火虫又飞来落在了带灯的头上，同时飞来的萤火虫越来越多，全落在带灯的头上，肩上，衣服上。竹子看着，带灯如佛一样，全身都放了晕光。

名家点评

《带灯》的情节不如《秦腔》《古炉》那样复杂。但贾平凹刻意打散情节的连贯性，代之以笔记、编年的白描，长短不拘，起迄自如，因此展现了散文诗般的韵律。事实上，贾平凹在后记里提到："到了这般年纪，心性变了，却兴趣了中国西汉时期那种史的文章的风格，它没那么多的灵动和蕴藉，委婉和华丽，但它沉而不糜，厚而简约，用意直白，下笔肯定，以真准震撼，以尖锐敲击。"我以为这样以形式来驾驭素材、人物的做法，甚至以形式来投射一种伦理的诉求，以及本体论式的人生观照——沉而不糜，厚而简约——是《带灯》真正用心所在。这也是贾平凹抒情叙事学的终极追求。换句话说，不管现实如何混沌无明，贾平凹立志以他的叙事方法来赋予秩序，贯注感情。就像他笔下的带灯为樱镇示范一种清新不俗的生活方式一样，贾平凹在文本操作的层次上也在寻求一种"用意直白，下笔肯定"的书写形式。

哈佛大学东亚系教授，文学评论家　王德威

贾平凹拥有的不仅是对那沉闷不变的、静态的乡土经验与乡土记忆的出色表现能力，更有着对于当下迅急变幻的乡土现实的特殊敏感与令人称道的把握与穿透能力。就对现实观察的广度与深度、思考与批判的力度，以及描写的精细与准确度而言，《带灯》堪称是同类题材现实主义小说中不可多得的力作。

吴义勤

中国作协党组成员、中国作家出版集团党委书记，文学评论家

贾平凹创作谈：

那年月是战乱着，如果中国是瓷器，是一地碎片的年代。大的战争在秦岭之北之南错综复杂地爆发，各种硝烟都吹进了秦岭，秦岭里就有了那么多的飞禽奔兽，那么多的魍魉魑魅，一尽着中国的人事，完全着中国文化的表演。当这一切成为历史，灿烂早已萧瑟，躁动归于沉寂，回头看去，真是倪云林所说："生死穷达之境，利衰毁誉之场，自其拘者观之，盖有不胜悲者，自其达者观之，殆不值一笑也。"巨大的灾难，一场荒唐，秦岭什么也没改变，依然是山高水长，苍苍莽莽，没改变的还有情感，无论在山头或河畔，即便在石头缝里和牛粪堆上，爱的花朵依然在开，不禁慨叹万千。

长篇

山本（节选）

两人去了安仁堂，剩剩却在院门外娑罗树下坐着，陆菊人说：你怎么在这儿？剩剩说：师父让我来接你，前门关了，从后门进。拉着剩剩进了后门，陆菊人见剩剩个头还是没长，要说什么，麻县长背身在那里坐着，面前一堆药草，正在和陈先生说话。麻县长说：还是都穷么，要是富了，就显得客气，有仪礼，性情也温柔，吃个桃子梨的还洗呀削皮呀。人穷得三天没进食了，谁还洗呢，连皮带核，恨不得囫囵就吞了。陈先生说：也是。咱街上常吵嘴打架的，骂人没好口，打架没好手，可打起架来，你打我一拳，我踢你一脚，打一拳赶紧把拳收回来，踢一脚了脚就退后一步，都是恐惧了对方才扑出去攻击对方的。麻县长就笑起来，说：嘿嘿，咱俩就会在这里说说！我这么胖的，我都讨厌了我这身子，是吃药能瘦下来呢还是扎针能瘦下来？陈先生说：你吃肉吗？麻县长说：前半生都是不吃肉的，可后来吃开了一天没肉倒不行，人这一生是不是都有定数，寿有定数，仕途学问上有定数，吃喝上也有定数？陈先生说：这年月能天天吃肉也是口福，你嘴里有几个牙齿？剩剩，剩剩！剩剩就说：在。陈先生说：你看看他嘴里有几颗臼齿。剩剩让麻县长张开嘴，说：两个兀齿，别的都是板牙。麻县长说：兀齿就是虎牙吧？陈先生说：虎牙当然算臼齿。麻县长说：人说井旅长是双排牙，其实他就是虎牙多，长乱了。我这牙是啥说法？陈先生说：臼齿多的人多是吃肉的，板牙多的人多是吃素。老虎豹子吃肉，靠的是这种兀臼齿，肠子也又短又粗，消化得快。牛呀羊呀吃草，肠子就细长。鸡的肠子更细长，主要吃小米和菜叶，也吃虫子，吃了虫子就得又吃些沙子，用沙子来促进消食的。麻县长说：我肯定是细长肠子却吃肉，才长得这么胖，一胖啥病都来了！陈先生说：你那院子里有没有哪棵树身上在这一半年里长着了木疙瘩？麻县长说：这我倒没留神。陈先生说：你回去看看，如果树上有了疙瘩千万不要动，就让它长，不用再吃药的。麻县长就谢了，抱了一堆药草，起身告辞。剩剩要从后门送，陈先生说：你把前门开了，走正门。剩剩送走了麻县长，又把前门关了。

陆菊人和花生就从屏风后出来，问候了陈先生，说：麻县长也有病了？陈先生说：他肚里有个大瘤子，吃药化不了，我让他回去看树上的疙瘩，树上如果有疙瘩，那还有救，人和树是感应的，树身上慢慢长了疙瘩，人身上的瘤子就会慢慢消失的。今日你们咋来了？陆菊人说：来看看你么。陈先生说：这不是真话。井旅长祭奠他兄长的，你两个心里缪乱了来我这里的。陆菊人说：这你都知道呀？陈先生说：我嫌今日来人肯定都要说祭奠的事，所以麻县长一来我就让剩剩把前门关了。陆菊人说是井旅长要给他兄长报仇的，那个邢瞎子被拉到灵桌前了，我和花生就出来的。陈先生说：你们一走，别人怕要责怪哩。花生说：我见不得血。陈先生说：你也见不得血？陆菊人说：先生把我不当作女人啊？！陈先生说：你是比男人强。陆菊人笑了一下，说：女人怕什么血，原本身上不是一月要有一次吗，只是见不得血是那么个流法。上次把人皮要蒙鼓，我是出了一身的红疹子，一片一片的，越挠越多，到现在还退不了，这次井旅长要替兄长报仇，报仇就报仇，但要剜心掏肝，这我就不敢看了。陈先生说：哦，那我这瞎子倒好了。陆菊人说：先生，我嫁到镇上也十多年了，来的时候镇上穷是穷，人也整天吵呀骂呀也打架，那算是个日子，但这些年生活是好了，到处都是血，今日我杀了你，明日我又被人杀了，谁都惊惊慌慌，谁都提心吊胆，这人咋都能成这样了！陈先生说：人是十二个属相么，都是从动物中来的。陆菊人说：那你看着啥时候世道就安宁啊？陈先生说：啥时候没英雄就好了。陆菊人愣了起来，说：不要英雄？先生，那井宗丞是英雄吗？陈先生说：是英雄。陆菊人说：那井宗秀呢？陈先生说：那更是英雄呀。陆菊人就急了，说：怎么能不要英雄？镇上总得有人来主事，县上总得有人来主事，秦岭里总得有人来主事啊！是不是英雄太多了，又都英雄得不大，如果英雄做大了，只有一个英雄了，便太平了？陈先生说：或许吧。花生就插了话，说：先生尽说些云里雾里的话，咱不说这些了，姐你不是浑身不舒服吗，让先生号号脉，看抓些什么药。陈先生说：我就在给她看着病呀。花生说：你就在看着病？姐，先生在应付咱哩。陆菊人说：你别胡说，先生要生气了，以后再不让你来了。陈先生说：我不生气。花生说：姐你现在觉得咋样？陆菊人说：心口是不闷了，头也不晕啦。花生说：你就是心好，顾先生的面子！陈先生哈哈地笑，说：剩剩剩剩，你烧些水吧，咱用你娘送来的茶招待你娘和你姨吧。花生说：我来我来！说罢，剩剩也来到了后屋提火炉子。

安仁堂的前门一直没开，四个人熬茶喝到了天黑，点了灯，要换新茶，陆菊人亲自拿了一块茶砖，用茶刀撬开一个角，黑褐色的茶叶里就星星点点闪烁了金色。远处隐隐约约传来锣鼓丝弦声。剩剩说：娘，是不是今晚有戏哩？陆菊人把茶叶放进了紫砂壶里，说：有戏哩。剩剩说：我要看戏。陆菊人说：有啥看的，难得来陪你师父喝喝茶。说毕，看着剩剩，就把剩剩拉过来让坐在她怀里。

祭奠了井宗丞，井宗秀每日早晚巡查，就带了两匹马，一匹马他坐着，一匹马上放着井宗丞的灵牌，让长兄坐着。而周一山最担心的有两点，一是麻县长来过问，即便麻县长不过问，风声传出去，秦岭专署或6军也会责怪麻县长，逼麻县长来惩治井宗秀的。二是，邢瞎子虽不是红15军团的人了，但是以红15军团清洗了井宗丞的事而杀的，那红15

军团会不会恼羞成怒来攻打预备旅？七天之内，麻县长是没有来找井宗秀，据王喜儒报告，七天里没有任何陌生人来见过麻县长，麻县长甚至连县政府大门都没迈出一步，只是写他的秦岭草木志。井宗秀、周一山、杜鲁成放下了心，就专门警惕着红15军团的攻打，一面派夜线子再带人加紧纳粮缴款，一面再强化军事操练。

杜鲁成负责操练，他仍然采用着当年阮天保的那一套：列队，跑操，别人跑你能追上，你跑别人追不上，每天每人抱一块石头，从龙王庙旧址跑到纸坊沟口，又从纸坊沟口返回龙王庙旧址。再是，把龙王庙旧址那儿的大石头推倒，然后用肚皮子把石头掀起来，一放一掀必须连续做五次，不许放屁。再是，河湾里有几十亩稻田，稻子收后的稻草三捆四捆支架在那里，排了队轮番端了刺刀去戳，脚步一定要扎根，喊声一定要怒吼。上午把队伍操练了，下午在城隍院里集中讲战术，战场上怎样利用了地形地物，怎么正面进攻、迂回包围，如何两强相遇勇者胜，什么是敌进我退、敌疲我进，要做到有效地保护自己就是要最大地消灭敌人。虎山湾整日尘土飞扬，杀气腾腾，狼是很少见了，却来了那些黄皮子，它们躲在沙窝里或草丛中，那些黑河岸的峪里人来放羊了，就伺机扑出来。黄皮子嘴小，牙尖，它们咬不动羊的皮，咬羊的屁股，有的迅速抓出了羊的肠子，有的则在羊屁眼儿上打洞钻了进去吃肉。羊一死，放羊人就哭。陆林重修虎山崖上的工事，喝了点酒，傍晚下崖回镇，听见湾滩上有人哭，哭得有腔有调，他就生气了，说：这个时候哭着是晦气啊！就差人将咬死的羊背了，把放羊人赶过了黑河。

北城门口拴着的两只狼，自吃了邢瞎子的肉，皮毛油亮，但眼睛也一直发红，每有人出进，甚或牛呀驴呀的经过，它们就往前扑，铁链子扯动着哗哗响。镇子里的狗兽十只八只的来和两只狼撕咬，守门的哨兵图热闹看，咬了一个饭时难分输赢，落了一地的狗毛狼毛，才各自散开。这天陆林和背着死羊的兵回来，两只狼又朝背羊的兵嚎叫，陆林伸手去打了其中一只狼的脑袋，骂道：也想吃羊呀？手却被咬了一下，出了血。陆林并没在意，回到城隍庙剥了死羊，连夜炖了一锅，他就吃了一碗，三天后竟浑身热一阵冷一阵，焦躁不安。在街上碰着白起，白起说：兄弟，兄弟！陆林说：谁是你兄弟？白起说：我就觉得你亲么！啊这天热的，你还穿这厚？陆林说：我有么！白起说：说话咋这噌的？陆林说：我热么能不噌？！白起就骂道：你狗日的疯了！陆林真的就疯了，见了蚯蚓打蚯蚓，见了拔牙的康艾山打康艾山，甚至见了夜线子，伸手去拽夜线子腰带。夜线子才纳粮缴款回来，怀里私揣了两个银元，腰带一拽脱，银元掉下来，夜线子扇了他耳光，他还说：你哪儿来的钱？伸直了脖子拿脑袋顶夜线子，夜线子一脚踹在他交裆，他倒在地上半天出不来气。等缓过来，却把气要撒在别人身上，就一路走过去，见人打人，见货摊踢货摊，吓得两边店铺纷纷关门，说：这咋成了疯狗！他竟也嗷嗷叫，脱了裤子就尿，还把一条腿蹬在树上。人就又说：这还算是团长，井旅长咋就不管？他就说：管我？没有我姐他哪能当官，没有我护坟他哪能当成官！这话说得奇怪，旁边人就说：你吹吧，给你个牛皮你吹吧！他就喊叫着是他姐把一块龙穴让井宗秀埋了爹，井宗秀才当了旅长，是他平了井宗秀爹的墓堆才没让阮天保的保安队挖坟的。正好杜鲁成带着一队兵操练回来，一声令下，七八个兵将他拿下，脱了鞋把嘴打成了个黄瓜嘴，扭着拉走了。

井宗秀非常生气，骂道：狗日的骨头里就是穷人的贱性！杜鲁成说：咱都是穷人，他是陆菊人的亲兄弟哩。井宗秀说：咱都是穷人，谁能是他这样儿！他是陆菊人的亲兄弟，他给陆菊人提鞋都不配！拔了枪就要打陆林，还是杜鲁成说：他得病了，是一群野狗咬了北门口的狼，狼又咬了他，就狂犬病了，狂犬病人胡言乱语谁信的！井宗秀就把陆林关禁闭。陆林一到禁闭室，还说：这墙洞还是我修的！进去了，里边有一坨干粪，问看守这是咋回事，看守说那是赵屠户以前拉的，陆林似乎有些清醒了，就使劲儿打门，喊：我要见我姐，去叫我姐，姐，姐，快来救我！

陆菊人在当天下午知道陆林被关了禁闭，恨弟弟惹了大祸，当时要去给井宗秀赔个不是，走到半路了又返回来，觉得给井宗秀怎么说呢，她并没有给陆林说过那块胭脂地是龙穴宝地，而只是为了防止保安队来掘坟，仅仅告诉陆林要保护的，井宗秀能相信这是陆林自己揣猜的吗？她让蚯蚓去查问陆林是怎么一下子就变成了这样，蚯蚓回来说陆林是得了狂犬病。她可怜起了她的弟弟。就想，井宗秀关陆林禁闭不是嫌陆林胡言乱语而是担心陆林伤人，那么，井宗秀就会给她解释的。陆菊人当然没去禁闭室探望陆林，她也不会去，但井宗秀没有来找她。

陆菊人是七天里没出过茶行门，每天胡乱地吃些饭了，就上了高台上坐着。这期间，账房上来给她汇报，说周一山到前房见了他，要求茶行得紧急筹措出一批银钱。陆菊人说：不是改造街巷的事搁下了吗，咋还要钱？账房说：周一山说要准备打仗呀。陆菊人说：他们要打仗就打吧。账房说：打仗那是打银钱哩。陆菊人哼了一下，说：现在账上有多少？账房说：原本有一万多大洋吧，春上收茶叶付了三千，旧作坊又添了四个炒锅，新雇了五个伙计，花去了五百，新作坊四十个茶垛，又雇了十个伙计，花去一千，新开的分店二千，杂七杂八的日常开销三百，现在还有三千多一点。陆菊人说：账上一定要保证有两千，这钱不能动，以防有什么事打住了手。你让各分店结算上半年的赢利，尽快都把钱运回来。账房说：周一山说筹措六七千大洋，这怎么完成？陆菊人说：他周一山怎么到你那儿却不来找我？账房说：这我就不清楚了，是不是因陆林的事，不好见你。陆菊人说：茶行又不是我的，咋能是不好见我。你下去吧。账房往下去的时候，差点还跌倒。

两天后花生也上来了，花生没有提说陆林的事，或许她并不知晓，只惊讶陆菊人怎么气色不好。陆菊人也绝口不提陆林的事，倒问起这些天都忙些啥呀也不来看我。花生说：我有啥忙的，我不忙的，只是他忙得不回去，回去要么发脾气，要么一言不发地喝酒。陆菊人说：不是要打仗了吗，他的事多，他不愿给你多说，你该给他做饭就把饭做好，该给他沏茶就把茶沏好，没事了把自己收拾漂漂亮亮的。花生说：在家里还收拾啥呀。陆菊人说：啥时候都把自己收拾好！你邋里邋遢的，他还不叫那些戏子？！花生说：为了能让他高兴，我还去叫那些女的来家里了一次，但他也不理，倒和杜鲁成、周一山在另一个房间里说事，还把夜线子叫来，责骂纳粮缴款不力。陆菊人没有接茬，就给花生熬茶，喝过了一壶，却催着花生走，说：你早早回去，别让他觉得你不沾家。花生说：姐，我真的是不爱在家待着。陆菊人从怀里取了自己的粉盒，打开了，给花生补了补妆，说：你还是回去吧。

花生走了，陆菊人也懒得拾掇茶壶茶碗，站起来，靠在了高台左栏杆前。左栏杆下正对着中街，两边的屋顶接连着一直往前去，看着只有两个建筑似的。这边的屋顶和那边的屋顶都差不多长着一样的瓦松和茅草，有的在上面放着苞谷秆，可能是冬天里晾过柿子而再没有清理，有的可能是房会漏雨，又加了草席、油布，压着石头和砖头，油布的角在风里起落，像是有鸽子一直在那里要起飞。屋顶与屋之间伸出来的竹竿，晾着被子和衣服，还有那么多铁丝和绳子，春天里谁家孩子放的风筝又吊死在那里，已经褪了颜色，却站着一动不动的麻雀。而店铺门口都是些摊位，乱七八糟的凳子、木墩、水桶、筐子、一堆砖头、垒起来的劈柴、游狗、走猪，和熙熙攘攘的人。陆菊人从来没有感觉过街巷里竟这么多的破烂和垃圾。是没有打仗了，镇子里还没有打过仗，人们都在一起生活着，是邻居，是同族，是亲戚朋友，可谁又顾及了谁呢，沙握起来是一把，手松开了沙从指缝里全流走，都气势汹汹，都贫薄脆弱，都自以为是，却啥也不是啊。陆菊人死眼看着两排屋顶，屋顶就好像不是了屋顶，任何东西盯着久了就不是原来的东西了，比如看书上的字，比如看一个熟人，现在是了两条细长无比的船，在摇晃，在水里漂泊，更是谁在甩抖两条布带子，布带子越往这边来，越甩抖得厉害，她也就有点立脚不稳了。陆菊人回身坐在了椅子上，才知道刚才的晃荡是错觉，就长长地嘘出了一口气。

在以后的日子里，陆菊人从早晨上了高台，带那么一个两个冷馍，就一整天都不愿意下去，她不再观察茶行前后院里伙计们都在忙啥，旧作坊、新作坊又都在忙什么活计，是勤快还是偷懒，她也不要观察了，也不要监督，只是这半晌坐在北栏杆前，另半晌又坐在南栏杆前，凝视着镇子里的房子、树、街巷、店铺，以及茶行院子墙根那些兰草、月季、丁香、赤芍。它们都是有生命的吧，但它们不知道也不关心她在过去的某个时候路过，现在她又在看着它们，而它们从不回应她的凝视。

就在那个黄昏，她坐在了右栏杆前，一直盯着一个巷道的入口处，那里是个酒馆，身穿了白褂的伙计，尽管弯腰在干着活儿仍仰头看着在酒馆一张桌边喝酒的顾客，这顾客只是喝他的酒，并不看伙计。旁边的另外一老一少，少的还在玩手中的纸包，老的却焦急地看着端酒出来的另一个伙计。街道很长，就是一道白色，后来太阳要落了，又变成红色，再变成橘黄，但巷道的房子已经暗下来了，而且黑影突凸出来，就和街道的橘黄齐茬茬不一样，如是刀刃。不断地有人就从刀刃上走过。

这一夜陆菊人没有回屋，她头靠在椅背上就睡着了。她做了梦，梦里到过许多地方，不是纸坊沟，不是镇上和黑河白河两岸的任何村寨，也有许许多多的人，别人不认识，其中有娘，娘还是捂着肚子，是疼痛的样子，有陈来祥有唐景和崔涛，后来看到了杨钟，杨钟和她嬉皮笑脸，但他们全都不说话。她好像是醒了，又好像没醒，在琢磨，人是活两世吗，白天是一世，夜里又是一世？怎么梦里见到的熟人都是死去的，死去了在梦里都是不说话吗？这么琢磨着，梦里的情景就模糊了，像一点墨滴在水里渐渐就晕开散了，而她仍清晰觉得地上在潮露了，露水沿着木架的椽上来，身下的椅子也开始发凉。陆菊人终于睁开了眼，远处的鸡在叫着，不知道鸡是叫了第二遍还是第三遍，就瓷呆呆望着那钟楼。钟楼在夜里好像比白天高，楼台之下都黑着，似乎就不存在门洞，只有楼顶和楼翘檐上的金球、琉璃瓦在闪着光亮，整个楼从左到右横摆着，使上面灰色的夜空变得狭长着一直往右延伸，又被一个黑云块阻断，那是城墙。城墙的影子又长长地投在街上，她就发觉了街有边缘线，店铺门前也有了台阶线，以及屋顶和屋檐线，这些线直直地，平行着过去，而屋舍却在重复，门窗之间没有连续，混混沌沌，陆菊人在这时又觉得这一切不真实了，是自己重回了梦里。

是黎明之前的缘故吧，黑来得比刚才更深，镇子越来越沉重，远处的河面和河滩却发生了变化，先是河面发白，河滩是黑的，过一会儿了，河滩发白，河面竟成了黑的，它在流动，看上去一动不动。

天亮了，能看到了130庙里的大殿和巨石上的亭子，能看到了自杀成焦黑的老皂角树，能看到县政府和城隍院。而对面的屋檐下，店铺在卸下门板，挂上了招牌旗子，旗子是黑色的、三角的，上面写着白字，像是刀子，所有的旗子都挂上了，整条街上都发出仇恨，而同时有无数的烟囱在冒炊烟，像是魂在跑。

城墙上坐了一排人，着装一样，好像在等待着什么，好像又只是看着前面，前面是虚空。

陆菊人站得太久了，蹲下来要生炉子，一蹲下来就腿脚发硬，坐在了台板上，而发现那水壶里却没有了水。就抓着栏杆站起来，走到那梯道口，活动着脖子，大口呼吸。梯道斜着下去，上面有白气，陆菊人想下去提水了，脚抬起来，又放下，一时眼花，这梯道是从下边长上来的吗？还是这梯道要突然掉下去？

痴呆呆的好一会儿，陆菊人终于重新坐回了椅子上，桌子上是她带来的另一个账本，就翻起来。翻着翻着，觉得旁边就坐着井宗秀，井宗秀在那里低头擦他的枪。井宗秀在专心地擦他的枪，她却没有安心翻账本了，她只是打发时间，她说：几时打仗呀？一仄头，旁边什么都没有。陆菊人哼哼地笑了一下，其实并没有笑出哼哼声，这时候，太阳从东边的山峦上冒出来了，先是西栏杆红，再红到东栏杆，一切都是那么寂静，陆菊人却瞬间不安起来，觉得所有的东西正离自己远去，越来越远。

城隍院里在开会，一直开到后半夜，伙夫给煮了龙须挂面，刚把饭端放在桌子上，屋梁上掉下来一只老鼠，正好砸在一个碗里。众人往梁上看去，那里爬着几只老鼠，同时在吱吱吱地叫，而屋角也有几只正从门槛下往出跑。井宗秀说：这么多的老鼠！关了门，和杜鲁成、周一山拿了笤帚、木棍就打，打死了三只，屋里没有了，可刚才在地上跑的不止这三只呀，就移动了屋里的一些东西，还是没有。靠北边墙是一个顶箱柜，柜子的板面大，并没有紧靠墙，杜鲁成用木棍在柜子下乱捅，还是没有老鼠，端灯往柜子后一照，竟然有七八只老鼠在那里，都是身子贴着墙，而四条腿蹬着柜板就撑在半空。忙挪开柜子，老鼠掉下来又在满地跑，就一一都打死了。把死老鼠扔出去，三人继续吃饭，周一山就恶心得吃不下，他没怪花生却骂伙夫屋里怎么有这么多老鼠，往常的饭都是老鼠吃过的？伙夫忙赔话：往常就没有老鼠呀，今日不知咋这么多。其实老鼠吃过的东西干净着的，我在老家时，二三月春荒里常掏地洞里老鼠攒的粮食。周一山捧着掉进过老鼠的那半碗饭，说：干净？你把它吃了！伙夫就把那半碗饭吃了。

从伙房出来，井宗秀问周一山：梁上的老鼠在吱吱地叫，你听到它们在说什么话？周一山说：我没留神听，咱就打开老鼠了，我也听不懂它们话。三人分了手，杜鲁成和周一山回住处去歇息，井宗秀还是骑了马巡查，马仍是两匹，一匹他坐了，一匹上放着井宗丞的灵牌。走到中街上，街上空无一人，店铺都关着，偶有几家檐下灯笼亮着，在微风中摇晃着一团黄光。他正走着，听到有细碎的声响，便有一道水从街面上漫过，勒住马定睛一看，竟然是几百只老鼠往过跑，就觉得奇怪，这是发大水呀还是老鼠也要开什么会呀？巡查完毕，回到旅部屋院，花生还是叫来了戏班的两个旦角儿，还有石条巷那个曾来过的温家的女子，四个人正打着麻将。

花生见井宗秀进了门，忙去迎接，马鞭和盒子枪就挂在柱子上，说：就等你回来哩，今日咋这么晚，你去打一圈吧。井宗秀解了皮带，说：我累了，天也快亮了。花生就从炉子上取水壶，壶里的水早烧开了就煨在炉子上，她在盆子里倒了热水，试了试太烫，又加了冷水，又试了试，再加了一点热水，把毛巾搭在盆沿上了，端给已坐在躺椅上的井宗秀，说：那你烫烫脚。天快亮了？那我让收拾了桌子。井宗秀说：你们玩，我爱看你们玩。他把脚放在了盆里，点着了一支纸烟，身子一仰，靠在躺椅上吸起来。花生见井宗秀心情不错，就继续打牌，她的手气出奇地好，连和了两把，第三把又和了，没想上手打出了个三饼，另两人也同时把牌推倒，就大呼小叫着怪了怪了！井宗秀一只脚已趿上了鞋，另一只脚还水淋淋地跷着，说：是吗？今日真怪了，刚才在街上就有几百只老鼠一块儿跑的。这时候有了叭的一声响，声音不大。花生以为谁把一张牌掉在了地上，弯腰低头寻，她说：几百只老鼠跑呀，要发大水了吗，前五年那次发水，我家院里的蔷薇蔓上都爬着老鼠。井宗秀没有回应。温家的女子说：井旅长，你过来给我看看牌么。井宗秀还是没回应。花生回头一看，井宗秀头垂在胸前，一条胳膊吊在躺椅扶手外。花生说：你瞌睡了？我扶你到炕上去睡。走过去了，突然吱哇一叫。三个女人忙跑过来，说：咋啦，咋啦？便见井宗秀前面喉耳骨处一个窟窿，后脑上也是一个窟窿，血水往外冒泡。赶紧扶起来，在炕上包扎，解开上衣，怀里的半截褐布巾全被血水浸湿。花生叫：你咋啦，宗秀！宗秀！井宗秀睁开了眼，说了句：我还要吸烟。地上是掉着一根纸烟，还燃着，捡起来给他塞进嘴唇里，纸烟头还红了一下，再没有动，人就死了。四个女人全瘫下来，一哇声地哭喊。前院的警卫跑进来三个，见躺椅后的窗子开着，窗外一丈多远就是一棵梨树，跃身从窗子跳出，树上没有人，树下却落着一些叶子。有一个警卫已风一样去城隍院报告，而别的警卫再搜查后院，后院里有一堆柴火，柴火里没人，还有一条绳上晾着衣服，衣服后没人，蛐蛐一片繁响，而墙根的草窝里有了一页瓦，瓦是墙头上的瓦。

屋子里，花生立不起身，给温家的女子说：快去叫我姐！温家的女子跑到门口了，却问：你姐？你姐是谁？花生说：陆菊人，她在茶行里。

天已经大亮，茶行的大门刚刚开，温家的女子一进门槛扑倒了，拉长哭声喊：井旅长死了！井旅长被人打死了！账房一下子捂住她的嘴，骂道：大清早的你胡说啥！温家女子嘴被捂着，硬挣着说：快叫陆……竟昏了过去，账房这才看见那女子身上也是血，就跑到后院喊夫人夫人！陆菊人从高台上往下走，问：啥事？账房说：门口来了个女的，说井旅长被人打死了，要你赶紧过去。陆菊人啊了一下，坐在了梯道上，梯道上有露水，就滑了下来。

陆菊人跑到旅部屋院，杜鲁成、周一山已经到了，杜鲁成还光着脚，周一山的上衣都穿反了，两人又在后院查看，发现梨树下的落叶里有着一个纸条，上面写着：杀你的是阮天保！杜鲁成、周一山当即部署：周一山速去虎山崖组织兵力，严阵以待，这十天八天之内，凡是发现有任何人马朝涡镇来，立即开火，将其阻截在湾滩上。杜鲁成组织全镇军民上城墙，各个炮楼上都布置火力点，拼死守镇，派警卫员骑马急去台儿镇、五莲镇通知夜线子、马岱停止纳粮缴款，必须在最短的时间里赶回来。但警卫说他不会骑马，杜鲁成就吼道：你能干个甚！你警卫哩能让人来害了旅长？！找蚯蚓去！两人进了后屋要给井宗秀磕头，见了陆菊人，说：事情紧急，这里就全委托你了。陆菊人点着头，却说：你光脚，穿旅长的鞋吧，你现在就是旅长。杜鲁成这才发现周一山把衣服穿反了，让周一山重新穿好，他就过去把井宗秀脱下来的那双鞋蹬上，不大不小正合脚。他又取了挂在柱子上的盒子枪挎在肩上，扑通给井宗秀跪下，说：旅长，你把魂附我身上，咱一块儿复仇，一块儿守卫咱涡镇！

杜鲁成、周一山走后，很快钟被敲起，锣声哨子声呐喊声响成一片，街巷里全是人。陆菊人站在井宗秀尸体前看了许久，眼泪流下来，但没有哭出声，然后用手在抹井宗秀的眼皮，喃喃道：事情就这样了宗秀，你合上眼吧，你们男人我不懂，或许是我害了你。现在都结束了，你合上眼安安然然去吧，那边有宗丞，有来祥，有杨钟，你们当年是一块儿耍大的，你们又在一块儿了。但井宗秀的眼睛还是睁得滚圆。陆菊人叹了一口气，拿一张麻纸盖住了，让三个女人都不要哭，在没烧纸钱前哭声会惊散亡人魂的，而且现在也不是哭的时候，就派两个戏子去街上置办香烛烧纸，香要檀香的五筒、沉香的五筒，烛要白色的，最粗最高的六对，黄表纸十刀，白麻纸十刀。再去130庙请宽展师父来念经。再去西背街牛家纸扎店定制纸幡纸楼纸伞，如果店里有现成的童男童女、金山银山的就拿来三对，纸幡纸楼纸伞务必下午制作好送来。再是去冯家巷寿衣铺买白布十丈、黑布十丈，最主要的是寿衣，四套单的三套棉的，布鞋一定要好，颜色要正，针脚要匀，还有被子、褥子。再去卤锅店买猪头一个、牛头一个，猪头牛头的鼻孔里都要插上葱。卤锅店隔壁是刘家饭庄，让蒸最大的献祭馍，一升面蒸一个，蒸三个馍。那两个戏子说：哎呀，这怕跑不过来。陆菊人说：跑不过来也得跑！井旅长生前待你们好，你们也得对得起他，戏班子不是还有那么多人吗，让他们分头去办。问花生：钱在哪儿？花生说：钱在里边柜子里放着，柜子钥匙他拿着。就翻井宗秀的口袋，取了钥匙开柜，取了钱。陆菊人却没有把钱给两个戏子，交给了另一个警卫，说：你领了她们，办得越快越好，不敢有差池。警卫和两个戏子就走了，花生把钥匙给了陆菊人，说：花钱的事你经管。陆菊人说：我还经管啊？！花生说：你不是已经在经管吗，这得你经管。陆菊人就接了钥匙，说：花生，我这么安排，是不是太豪华了？去阴间的路上，置办得豪华了，打劫的小鬼多。花生说：他在哪儿能少了打劫的，就多烧些纸钱，好打发那些小鬼。

名家点评

《山本》是一部向传统经典致敬的书。所谓致敬，不是对传统经典顶礼膜拜，而是处处体现了对传统经典的会心理解，对于传统经典的缺陷，则毫无留恋地跨越过去，以时代所能达到的理解力来实现超越。读《山本》以《水浒传》为参照，可以看出《山本》在精神认识上怎样超越《水浒传》，从而达到对于中国传统文化的深刻洞察与批判。然而在细节描写和笔法运用上又处处可见传统小说的影响。贾平凹在继承古代白话小说遗产方面显示了炉火纯青的化解能力。

复旦大学教授，文学评论家　陈思和

《山本》延续了贾平凹之前创作的一贯倾向，就是以一隅之地（商州 / 秦岭 /“西京”）来折射“中国”。就像在《古炉》中那个著名的比喻（“碎成一地的瓷器”来喻示中国“china”），在《山本》一开始，贾平凹就说“一条龙脉，横亘在那里，提携了黄河长江，统领着北方南方。这就是秦岭，中国最伟大的山。”

“龙脉”的修辞表述，仍然是一种正统的“王朝”修辞，它折射出的是一种“中心”的意识。就像废“都”仍然是“都”一样，秦岭在贾平凹的笔下，也就成为“核心”的象征。那么推而广之，与其说《山本》是“秦岭志”，毋宁说它是“中国志”。那么贾平凹笔下的人物、故事，就获得一种寓言性质，一种传奇性质。它本身成为一种国族寓言。

苏州大学教授，文学评论家　王尧

附录
贾平凹作品创作大事记年表

1972 年 4 月，《相片》（处女作长诗），西北大学校刊（内部发行）。

1973 年 8 月，《一双袜子》(与冯有源合著短篇)，《群众艺术》（内部发行）。

1973 年 9 月，《小雯和小龙》（短篇），《群众艺术》（内部发行）。

1974 年 10 月，《深深的脚印》（散文），《西安日报》。

1974 年 12 月，《荷花塘》（短篇）、《小电工》（短篇）编入“百花文艺丛刊”创刊号《荷花塘》，陕西人民出版社出版。

1975 年 2 月，《鸭司令夜奔》（短篇），《群众艺术》。

1975 年 3 月，《商山枣花》（短篇），《群众艺术》。

1975 年 6 月，《弹弓和南瓜的故事》（短篇），《朝霞》。

1975 年 12 月，《队委会》（短篇），《朝霞》。

1975 年 12 月，《两个木匠》（短篇），《陕西文艺》。

1976 年 2 月，《曳断绳》（短篇），《陕西文艺》。

1976 年 2 月，《豆腐坊的故事》（后改名为《兵娃》）（短篇），《群众艺术》。

1976 年 3 月，《种子》（短篇），编入“百花文艺丛刊”第二期《白杨战歌》，陕西人民出版社出版。

1976 年 4 月，《对方》（短篇），《陕西文艺》。

1977 年 2 月，《铁妈》（短篇），《人民文学》。

1977 年 3 月，《铁手举火把》（短篇），《陕西文艺》。

1977 年 4 月，《农村人物速写》（《乍角牛》《成荫柳》）（短篇），《安徽文艺》。

1977 年 6 月，《兵娃》，中国少年儿童出版社出版，收录《荷花塘》《小会计》《小电工》《兵娃》《参观之前》和《深山出凤凰》六部短篇小说。

1977 年 10 月，《短篇四题》（《果林里》《帮活》《猪场夜话》《菜园老人》），《安徽文艺》。

1977 年 11 月，《春女》（短篇），《人民文学》。

1977 年 12 月，《姚生枝老汉》（短篇），《延河》。

1978 年 1 月，《城市晨话》（短篇），《西安日报》。

1978 年 1 月，《第一堂课》（短篇），《上海文艺》。

1978 年 2 月，《清油河上婚礼》（短篇），《甘肃文艺》。

1978 年 3 月，《“交代书”上的画》（短篇），《延河》。

1978 年 3 月，《满月儿》（短篇），《上海文艺》。

1978 年 6 月，《第五十三个》（散文），《上海文艺》。

1979 年 2 月，《夜话》(散文)，《宁夏文艺》。

1979 年 3 月，《满月儿》，获首届全国优秀短篇小说奖。

1979 年 3 月，《进山》（短篇），《十月》。

1979 年 3 月，《雪野静悄悄》（短篇），《上海文学》。

1979 年 4 月，《林曲》（短篇），《人民文学》。

1979 年 4 月，《竹子和含羞草》（短篇），《收获》。

1979 年 4 月，《姐妹本纪》（中篇），安徽人民出版社出版。

1979 年 5 月，《结婚》(短篇)，《光明日报》。

1979 年 5 月，创作谈《爱和情——〈满月儿〉创作之外》，《十月》，获《十月》首届文学奖。

1979 年 7 月，《夏夜“光棍楼”》（短篇），《延河》。

1979 年 7 月，《春》（短篇），《北方文学》。

1979 年 9 月，《最后一幕》（短篇），《边疆文艺》。

《琴声》（短篇），《奔流》。

1979 年 11 月，《丈夫》（短篇），《鸭绿江》。

《明日要上课》（短篇），《少年文艺》。

《盼儿》（散文），《少年文艺》。

1979 年 12 月，《纺车声声》（短篇），《青春》。

《麦收时节》（短篇），《人民文学》。

1980 年 1 月，《山地笔记》（小说集），海文艺出版社出版。

《癌症——一个真实的故事》（短篇），《芳草》。

《罪证》（短篇），《人民日报》。

《笛韵》（短篇），《绿园》。

1980 年 2 月，短篇小说集《早晨的歌》，陕西人民出版社出版，

获陕西省第一届优秀图书奖。

《牧羊人》（短篇），《新港》。

1980 年 4 月，《阿娇出浴》（短篇），《长安》。

《山镇夜店》（短篇），《雨花》。

1980 年 5 月，《提兜女》（短篇），《上海文学》。

《青枝绿叶》（短篇），《雪莲》。

《月夜》（短篇），《芒种》。

《夏家老太》（短篇），《芳草》。

《大碗“羊肉泡”》(短篇)，《滇池》。

《他和她的木耳》（短篇），《延河》。

1980 年 6 月，《头发》（短篇），《广州文艺》。

1980 年 7 月，《春愁》（短篇），《花溪》。

1980 年 8 月，《空谷箫人》（散文），《上海文学》。

《饭间》（短篇），《春风》。

1980 年 9 月，《地震——1976 年的一个故事》，《北京文学》。

《瓦罐》（短篇），《长安》。

1980 年 10 月，《七巧儿》（短篇），《新港》。

《上任》（短篇），《延河》。

1980 年 11 月，《鲤鱼杯》(短篇)，《解放军文艺》。

《月迹》（散文），《散文》。

1980 年 12 月，《在姚村》（短篇），《光明日报》。

1981 年 1 月，《野火》（短篇），《奔流》。

《老人》（短篇），《当代》。

《病人》（短篇），《延河》。

《溪》(散文)，《芒种》。

1981 年 2 月，《下棋》（短篇），《北京文学》。

《亡夫》（短篇），《长安》。

1981 年 3 月，《路过》（短篇），《文艺增刊》。

《水月》（短篇），《上海文学》。

1981 年 4 月，《二月杏》（中篇），《长城》。

《一棵小桃树》（散文），《天津日报》。

1981 年 5 月，《贾平凹小说新作集》，中国青年出版社出版。

《哥俩》（短篇），《文汇月刊》。

《在一个小镇的旅店里》，《天津日报》。

《陈炉》(散文)，《散文》。

《钓者》（散文），《绿园》。

1981 年 6 月，《镜子》（短篇），《南苑》。

1981 年 7 月，《马大叔》（短篇），《芒种》。

《香椿芽儿》（短篇），《奔流》。

《生活》(短篇)，《长安》。

《丑石》（散文），《人民日报》。

《在这块土地上》（散文诗），《延河》。

1981年8月，《乡里舅家》（短篇），《河北文学》。

《鸟巢》（散文），《人民文学》。

《夜游龙潭寺》（散文），《散文》。

1981年9月，《“厦屋婆”悼文》（短篇），《十月》。

《任小小和他的舅舅》，《泉城》。

《文物——一个过去的童话》（短篇），《上海文学》。

《年关夜景》（短篇），《安徽文学》。

1981年10月，《好了歌》（短篇），《北京文学》。

《晚唱》（短篇），《文学报》。

《云雀》（散文），《长安》。

《观砂砾记》（散文），《人民日报》。

《地平线》（散文），《人民日报》。

1981年11月，《沙地》（短篇），《延河》。

《“冬花”》（散文），《草原》。

1981年12月，《在鸟店》（短篇），《长安》。

《冬景》（散文），《散文》。

1982年，《爱和情》获《十月》文学杂志首届文学创作奖；

《山镇夜店》获第一届雨花奖。

1982年1月，《老树》（诗歌），《延河》。

《房东》（短篇），《泉城》。

《春天》（短篇），《鹿鸣》。

《退婚》（短篇），《文艺》。

《爱的踪迹》（散文），《芒种》。

1982 年 2 月，《自在篇》（文艺随笔），《延河》。

《拉车》（短篇），《上海文学》。

《马玉林和他的儿子》（短篇），《华夏》。

《针织姑娘》（短篇），《飞天》。

《品茶》（散文），《草原》。

《落叶》（散文），《芳草》。

《泉》（散文），《新港》。

1982 年 3 月，《阿秀》（短篇），《延河》。

《夜籁》（散文），《人民文学》。

《“卧虎”说》（散文），《当代文艺思潮》。

《远行》（诗歌），《诗刊》。

《清官》（短篇），《南苑》。

1982 年 4 月，《山镇夜店》（短篇），《雨花》。

《入川小记》（散文），《散文》。

《致陕北黄土高原》（诗歌），《星星》。

1982 年 5 月，《清茶》（短篇），《小说界》。

《酒》（散文），《文艺》。

《少不入川》（散文），《青年作家》。

《小城街口的小店》（短篇），《人民文学》。

《诗二首》（诗歌《奖》和《自行车》），《星星》。

《夜航给月》（诗歌），《丑小鸭》。

1982 年 6 月，《喝酒》（短篇），《奔流》。

《温暖的角落》（与商子雍、和谷合著的报告文学），《长安》。

1982 年 7 月，《童年家事》（中篇），《莽原》。

《天上的星星》（散文），《北京文学》。

《十八桥》（散文），《福建文学》。

1982 年 8 月，《院子》（短篇），《雨花》。

1982 年 9 月，《阳光下的绿湖》（短篇），《文汇月刊》。

《紫阳城记》（散文），《散文》。

散文集《月迹》，百花文艺出版社出版。

1982 年 10 月，《鸽子》（短篇），《北京文学》。

《太阳路》（散文），《河北文学》。

《五味港》（散文），《文学报》。

1982 年 11 月，《一个足球队员》（短篇），《百花洲》。

《土地》（短篇），《新港》。

《朝拜》（短篇），《江城》。

1982 年 12 月，短篇小说集《野火集》，陕西人民出版社出版。

1983 年，短篇小说《清官》获《南苑》杂志社颁发的“南苑”佳作奖。

散文《月迹》获百花文艺出版社颁发的《散文月刊》优

秀作品奖。

1983 年 1 月，《鬼城》（短篇），《花城》。

《老人与鸟》（短篇），《三月》。

《连理铜》（短篇），《人民文学》。

《走三边》（散文），《人民文学》。

《一位作家》（散文），《文艺》。

《一匹骆驼》（散文），《文学报》。

1983 年 2 月，《黄土高原》（散文），《花溪》。

《地下“动物园”》（散文），《飞天》。

《商州》（散文），《朔方》。

1983 年 3 月，《土炕》（短篇），《钟山》。

《刘官人》（短篇），《北京文学》。

《遗璞》（短篇），《长安》。

《雪品》（散文），《奔流》。

《雨花台捡石记》（散文），《山丹》。

1983 年 4 月，《凉台记》（散文），《解放军文艺》。

1983 年 5 月，《小巷》（散文），《长城》。

1983 年 6 月，《黄陵柏》（散文），《人民文学》。

《读书示小妹十八生日书》（散文），《萌芽》。

1983 年 7 月，《蜜子》（短篇），《鹿鸣》。

《两个瘦脸男人》（短篇），《奔流》。

《一只贝》（散文），《长安》。

《风竹》（散文），《文艺》。

《棣花》（散文），《十月》。

1983 年 8 月，《核桃园》（短篇），《四川文学》。

《十字街菜市》（散文），《散文》。

1983 年 9 月，《商州初录（笔记）》（散文），《钟山》。

《干爹娘小史》（短篇），《北京文学》。

《白浪街》（散文），《延河》。

《山石、明月和美中的我》（散文），《钟山》。

1983 年 11 月，《一个有月亮的渡口》（散文），《花城》。

1984 年，中篇小说《腊月・正月》获中国作协第三届全国优秀中篇小说奖，陕西省文联颁发的一九八四年陕西省文艺“开拓奖”一等奖。

中篇小说《商州初录》获《钟山》杂志社颁发的首届钟山文学奖。

散文《流逝的岁月》获《青年一代》杂志社颁发的《青年一代》佳作奖。

散文《延川印象》获《延安报》社一九八四年《延安报》佳作奖。

1984 年 1 月，《游品（散文六篇）》（散文），《文学家》。

《河西》（散文），《散文》。

1984 年 2 月，《观菊》（散文），《文学报》。

1984 年 3 月，《曲径通幽处》（短篇），《春风》。

《鸡窝洼的人家》（中篇），《十月》。

《三十未立》（中篇），《青春丛刊》。

《编辑逸事》（短篇），《现代作家》。

1984年4月，《求缺亭》（短篇），《文学青年》。

《温泉》（散文），《萌芽》。

《敦煌沙山记》（散文），《散文》。

1984年5月，《木耳》（散文），《边塞》。

《河南巷》（散文），《现代作家》。

《秦腔》（散文），《人民文学》。

1984年7月，《九叶树》（中篇），《钟山》。

《我的台阶和在台阶上的我》（散文），《青春》。

《腊月·正月》（中篇），《十月》。并被珠江电影制片厂改编为剧本，后拍成电影《乡民》。

《商州又录》（散文），《长安》。

1984年8月，《关中论》（散文），《散文》。

1984年9月，《商州》（长篇处女作），《文学家》。

《他回到了长九叶树的故乡》（散文），《草原》。

1984年11月，《关于〈九叶树〉的通信》，《钟山》。

《变革声浪中的思索——〈腊月·正月〉后记》，《十月》。

1984年12月，小说集《小月前本》，花城出版社出版。同年，陕西电视台将其拍成多集电视剧。后被作家阿城改编成电影剧本《小月》。

1985年，《鸡窝洼的人家》获《十月》文学奖及西安作协“冲浪文学奖”。因文艺创作优异成就获得陕西省人民政府颁发的政府表彰奖、中共西安市委宣传部颁发的晋升两级工资奖状。

《腊月·正月》获北京市建国三十五周年文艺作品征集评奖一等奖。

1985年1月，《山城》（中篇），《朔方》。

《远山野情》（中篇），《中国作家》。

《观察——一段录音的复制》（创作谈），《文学时代》。

1985年2月，散文集《爱的踪迹》，上海文艺出版社出版。

1985年3月，《天狗》（中篇），《十月》。

《冰炭》（短篇），《中国》。

《蒿子梅》（短篇），《上海文学》。

1985年5月，《初人四记》（短篇），《花城》。

1985年7月，《商州世事》（中篇），《中国作家》。

1985年8月，《心迹》，四川人民出版社出版。

1985年10月，《人极》（短篇），《文汇月刊》。

《黑氏》（短篇），《人民文学》。

1985年11月，《西北口》（短篇），《当代》。

《四月二十七日寄友人书》（通信），《上海文学》。

1985年12月，《我的追求》（创作谈），《文学时代》。

1986 年，《古堡》获 1986 年度“西安文学奖”。后被安徽电视台改编为六集连续剧。

《黑氏》获一九八五年《人民文学》读者最喜爱作品奖。

文论《谈观察》获《长安》杂志社办的“文学时代奖”。

关中曲子《车闸》获中华人民共和国文化部、中国曲艺家协会颁发的一九八六年全国曲艺创作二等奖。

散文《商州又录》获《羊城晚报》颁发的《羊城晚报》一九八六年度优秀作品奖。

1986 年 1 月，《古堡》（中篇），《十月》。

1986 年 2 月，《火纸》（短篇），《上海文学》。

1986 年 3 月，《水意》（短篇），《钟山》。

1986 年 4 月，《陕西平民志》（短篇），《延河》。

《情诗二首》（诗歌），《延河》。

1986 年 8 月，《浮躁》（长篇），《延河》。

《平凹游记选》，陕西人民出版社出版。

1986 年 9 月，《新时期中篇小说名作丛刊：贾平凹集》，海峡文艺出版社出版。

短篇小说集《天狗》，作家出版社出版。

1986 年 12 月，《龙卷风》（短篇），《人民文学》。

诗歌集《空白》，花城出版社出版。

1987 年，《天狗》获《中篇小说选刊》优秀作品奖。

《商州初录》获《钟山》文学奖。

《天狗》获《中篇小说选刊》优秀作品奖。

散文《走三边》获《散文选刊》首届优秀作品奖。

1987年1月，《浮躁》（长篇），《收获》。

《故里》（中篇），《十月》。

《晚唱》，百花文艺出版社出版。

1987年9月，《商州》，十月文艺出版社出版。

《远山野情》，四川文艺出版社出版。

《妊娠》，作家出版社出版。

《贾平凹小说选》（法文），外文出版社出版。

《中国现代文学选集之一·贾平凹卷》（日文），日本德间书店出版。

《浮躁》获美国美孚飞马文学奖铜奖。

散文《弈人》获花城出版社颁发的《随笔》一九八七年度佳作奖。

1988年5月，《双岔树》（短篇），《延河》。

1988年10月，《故里》获第三届《十月》文学奖长篇小说。

《商州三录》，百花文艺出版社出版。

1989年，《浮躁》，香港天地出版公司出版。

《我是农民》获一九八九年全国最佳散文奖。

散文《爱的踪迹》获中国作协首届全国优秀散文（集）奖。

散文《门》获《人民日报》“燕舞散文征文”奖。

散文《人病》获《文汇报》颁发的《文汇报》优秀作品奖。

散文《我这样读体育报》获《中国体育报》社颁发的“红光杯”第三届体育文学奖。

1989 年 3 月，《太白山记》（短篇），《上海文学》。

1989 年 5 月，《笑口常开》（散文），《人民文学》。

1989 年 12 月，《王满堂》（短篇），《人民文学》。

1990 年，《浮躁》（英文），美国路易斯安那州立大学出版社出版。

短篇小说《王满堂》获《小说月报》优秀作品奖。

1990 年 3 月，《刘文清——流逝的故事之三》（短篇），《人民文学》。

1990 年 6 月，《人迹》，广东旅游出版社出版。

1990 年 7 月，《美穴地》（中篇），《人民文学》。

1990 年 11 月，《白朗》（中篇），《中国作家》。

1990 年 12 月，《静虚村散页》（文论集），陕西教育出版社出版。

1991 年，散文《佛事》获“金陵明月杯”华人征文赛奖。

1991 年 4 月，散文集《抱散集》，作家出版社出版。

1991 年 7 月，《太白》，四川文艺出版社出版。

1991 年 9 月，《五魁》（中篇），《中国作家》。

1991 年 10 月，《废都》（中篇），《人民文学》。获得 1991 年《人民文学》最佳作奖。

1991 年 11 月，散文集《守顽地》，人民文学出版社出版。

1992 年 4 月，散文集《贾平凹散文精选》，陕西人民出版社出版。

1992 年 7 月，《晚雨》（中篇），《十月》。

《佛关》（短篇），《长城》。

《文学访谈录——答〈长城〉编辑部问》，《长城》。

1992 年 8 月，《贾平凹早期小说选》（上卷）由张敏主编，陕西旅游出版社出版，该书迄今为止只出版了上卷。

1992 年 9 月，《贾平凹自选集》（六卷本），作家出版社出版。

1992 年 11 月，《西安这座城》（散文），《北京文学》。

《废都》（长篇），《十月》。

单行本《废都》，作家出版社出版。

中篇小说集《龙卷风》，陕西人民出版社出版。

1992 年 12 月，《人极》，长江文艺出版社出版。

1993 年 6 月，长篇小说《废都》，北京出版社出版。同年，被香港天地图书公司再版。

散文集《贾平凹散文大系》，漓江出版社出版。

小说集《逛山》，浙江文艺出版社出版。

1994 年 1 月，《四十岁说》（散文集）由陕西旅游出版社出版。

《闲人》（散文集），作家出版社出版。

《平凹之路，平凹精神自传》（与穆涛合著），青海人民出版社出版。

1994 年 3 月，《红狐》（散文），《十月》。

《废都》（韩文），韩国汉城文化社出版。

1994 年 5 月，《贾平凹人生小品》，河北人民出版社出版。

1994 年 6 月，《退婚》，台北夏圃出版社出版。

1994 年 9 月，《红狐》，华侨出版社出版。

1994 年 11 月，《坐佛》，太白文艺出版社出版。

1995 年 1 月，《商州·说不尽的故事》（四卷本），华夏出版社出版。

1995 年 3 月，《说话》，陕西人民出版社出版。

《贾平凹文集》（雷达主编），中国文联出版公司出版。

1995 年 7 月，《白夜》（长篇小说），华夏出版社出版。

1996 年 1 月，《如语堂》，中国工人出版社出版。

1996 年 3 月，《树佛》，天津人民出版社出版。

1996 年 10 月，《土门》（长篇），春风文艺出版社出版。

1996 年 11 月，《贾平凹散文》（《书信十一篇》《土门·后记》《〈美文〉四年编辑部午餐桌上的谈话》），《人民文学》。

1997 年 3 月，《走虫》（散文），中国青年出版社出版。

1997 年 4 月，《玻璃》（短篇），《人民文学》。

1997 年 5 月，《梅花》（短篇），《上海文学》。

《观我》（短篇），《大家》。

1997 年 11 月，《废都》获 1997 年法国费米娜女评委小说奖。

《土门》（日文版），日本中央公论社出版。

1998 年 1 月，《读〈西厢记〉》（短篇），《人民文学》。

1998 年 3 月，《喝酒》，陕西旅游出版社出版。

1998 年 9 月，《高老庄》（长篇），《收获》。

同月，《高老庄》，太白文艺出版社出版。

1998 年 11 月，《敲门》，作家出版社出版。

1998 年 12 月，《造一座房子住梦・贾平凹散文选》，人民日报出版社出版。

1999 年 1 月，《贾平凹绝妙小品文》，时代文艺出版社出版。

1999 年 10 月，《感谢混沌佛像》（散文），《人民文学》。

《学着活》（与夏菲合著），敦煌文艺出版社出版。

2000 年 4 月，《老西安——历史的记忆》（散文），《北京文学》。

2000 年 5 月，《怀念狼》（长篇），《收获》。

2000 年 6 月，《怀念狼》，作家出版社出版。

2000 年 11 月，《我是农民》（长篇），陕西旅游社出版。

2000 年 12 月，《贾平凹书道德经》，太白文艺出版社出版。

2001 年 1 月，《一个丑陋汉人终于上路》，《收获》。

2001 年 3 月，《爱与金钱使人铤而走险》（散文），《收获》。

2001 年 5 月，《重重叠叠的脚印》（散文），《收获》。

2001 年 7 月，《阿吉》（短篇），《人民文学》。

《是谁留下前年的期盼》，《收获》。

2001 年 8 月，《西路上》，云南人民出版社出版。

2001 年 9 月，《缺水使我们变成了沙一样的叶子》（散文），《收获》。

《商州人・男人篇》《商州人・女人篇》，浙江文艺出版社出版。

2001 年 10 月，《黑翅膀之歌》，贵州人民出版社出版。

2001 年 11 月，《带着一块佛石回家》（散文），《收获》。

2002 年 1 月，《猎人》（短篇），《北京文学》。

2002 年 4 月，《病相报告》（长篇），《收获》（增刊春夏卷）

《五十大话》（散文），《华商报》。

2002 年 5 月，《饺子馆》（短篇），《北京文学》。

同月，《饺子馆》，新世界出版社出版。

2002 年 7 月，《阿尔萨斯——一千四百年前发生在姑臧的故事》（中篇），《北京文学》。

2002 年 9 月，《贾平凹短文》，四川文艺出版社出版。

2003 年，获得法国文化部授予的“法兰西艺术骑士”荣誉称号。

2003 年 1 月，《我要说的》（随笔），《北京文学》。

《阿尔萨斯》，江苏文艺出版社出版。

《五十大话》，长江文艺出版社出版。

2003 年 5 月，《艺术家韩起祥》（长篇），《当代》。

2003 年 6 月，《贾平凹小说二题》，《北京文学》。

2003 年 7 月，《贾平凹谢有顺对话录》，苏州大学出版社出版。

2003 年 9 月，《拴马桩》（散文），《收获》。

2004 年 10 月，《贾平凹谈人生》，上海社会科学出版社出版。

2005 年 1 月，《秦腔》（长篇），《收获》。

《贾平凹近作》（散文），《美文》。

2005 年 2 月，《秦腔》（长篇），《收获》（连载）。

2005 年 4 月，《秦腔》，作家出版社出版。

2005 年 7 月，《羊事》（短篇），《上海文学》。

2005 年 12 月，《悼巴金》（散文），《美文》。

2006 年 1 月，《我有一个狮子军》（散文），《美文》。

2006 年 4 月，长篇小说《妊娠》，春风文艺出版社再版。

《白夜》，春风文艺出版社再版。

2006 年 7 月，《沙家浜记》（散文），《美文》。

凭借《秦腔》荣获第一届世界华文长篇小说奖“红楼梦奖”。

2006 年 8 月，《看世界杯足球赛》（散文），《美文》。

2006 年 11 月，《受奖词两篇》（《在首届世界华文长篇小说奖“红楼梦奖”上的受奖词》《在第四届华语文学传媒大奖上的受奖词》），《美文》。

《〈秦腔〉台湾版序》（散文），《美文》。

2007 年 8 月，《六棵树》（散文），《美文》。

2007 年 9 月，《高兴》（长篇），《当代》。

同月，《高兴》，作家出版社出版。

2007 年 11 月，《又上白云山》（散文），《北京文学》。

2008 年 1 月，《五十大话》（散文集），人民文学出版社出版。

《寻找商州》（散文），《收获》。

2008 年 7 月，《有责任活着》（散文），《美文》。

2008 年 10 月 27 日，长篇小说《秦腔》获第七届茅盾文学奖。

2008 年 12 月，《〈秦腔〉获奖感言》（散文），《美文》。

2009 年 1 月，《给〈美文〉编辑们的一封信》（散文），《美文》。

2009 年 5 月，《官员》（散文），《美文》。

2009 年 7 月，《废都》（长篇），作家出版社再版。

2009 年 9 月，《当下社会的文学立场——在咸阳的一次文学讲座》（演讲），《美文》。

2009 年 10 月，《从棣花到西安》（散文），《人民文学》。

2010 年 2 月，《“儒”这个字》（散文），《美文》。

2010 年 9 月，《走了几个城镇》（散文），《美文》。

2010 年 11 月，《古炉》（长篇），《当代》（连载）。

《钱语录》（散文），《美文》。

2010 年 11 月，《关于一个村子的故事和人物——长篇小说〈古炉〉的问答》（贾平凹、李星访谈录），《西安日报》。

2011 年 1 月，《古炉（二）》（长篇），《当代》（连载）。

《古炉》，人民文学出版社出版。

2011 年 10 月，《古炉》获施耐庵文学奖。

2012 年 1 月，中短篇小说集《美穴地》，作家出版社出版。

2012 年 4 月，《天气》获朱自清散文奖。

2013 年 1 月，《带灯》（长篇），人民文学出版社出版。

2013 年 2 月，获得法兰西金棕榈文学艺术骑士勋章。

2013 年 4 月，散文集《静虚村记》（原名为《静虚村散叶》），安徽文艺出版社再版。

2014 年 9 月，《老生》（长篇），《当代》。

2014 年 6 月，《带灯》获《人民文学》长篇小说双年奖。

2014 年 9 月，《老生》，人民文学出版社出版。

2015 年 4 月，凭借《老生》获得第十三届华语文学传媒大奖·年度杰出作家。

2015 年 8 月，获首届丝绸之路木垒菜籽沟乡村文学艺术奖。

2016 年 2 月，《极花》（长篇），《当代长篇小说选刊》。

2016 年 3 月，《极花》，人民文学出版社出版。

2017 年 2 月，《白夜》，华夏出版社再版。

2018 年 4 月，《山本》（长篇）简装版，作家出版社出版。

《山本》（长篇）精装版，人民文学出版社出版。

2019 年 1 月，短篇小说集《人极》，人民文学出版社出版。

2019 年 4 月，散文集《贾平凹灵性散文》获第二届三毛散文奖。

2020 年 5 月，《暂坐》（长篇），《当代》。

2020 年 9 月，《暂坐》，作家出版社出版。